우리들의 DNA

우리들의 DNA

초판 1쇄 발행 | 2019년 4월 5일
　　　 2쇄 발행 | 2019년 8월 5일
지은이 | 양인자
펴낸이 | 최윤정
펴낸곳 | 바람의 아이들
만든이 | 최문정 이창섭 박한솔 양태종 이소희
등록 | 2003년 7월 11일(제312-2003-38호)
주소 | 04001 서울시 마포구 동교로 17안길 43-4
전화 | (02)3142-0495　팩스 | (02)3142-0494
이메일 | windchild04@hanmail.net
제조국 | 한국
구독 연령 | 11세 이상

www.barambooks.net

ⓒ 양인자 2019

ISBN 979-11-6210-031-8 44800
　　　978-89-90878-04-5(세트)

「이 도서의 국립중앙도서관 출판예정도서목록(CIP)은 서지정보유통지원시스템 홈페이지(http://seoji.nl.go.kr)와 국가자료공동목록시스템(http://www.nl.go.kr/kolisnet)에서 이용하실 수 있습니다.(CIP제어번호: CIP 2019000979)」

우리들의 DNA

양인자 단편집

바람의아이들

차례

우리들의 DNA

차례

심연의 물고기, 하늘거린다

눈이 퇴화된 심해의 물고기는 움직임이 둔하다. 모래 속에 가만히 엎드려 있는 시간이 길다. 먼저 서두르거나 앞장서 공격하지도 않는다. 깊은 바다 같은 교실, 아이들은 모두 물고기가 되어 책상에 납작 엎드려 있다. 바람에 커튼이라도 흔들리지 않았다면 교실에선 어떤 움직임도 느껴지지 않았을 거다.

"삐그덕."

깊게 들이마셨던 숨을 내쉬면서 의자를 뺀다. 밤을 꼬박 새우며 뒤척였던 내 마음 같은 소리가 난다.

왼쪽 줄에 앉은 3학년과 눈이 마주쳤다. 방해 받았다는 듯 가자미처럼 눈이 한 곳으로 모여 있다. 나는 사과하는 척 고개를 살짝 숙였다가 뱅그르르 돌려 목 운동을 한다. 왼쪽 뺨은 화끈거리고 어깨가 결린다.

시험 기간 동안 반에서 절반씩은 자기 교실에 남고 나머지 절반은 다른 학년으로 옮겨야 한다. 시험이라는 폭풍우에 학교 전체가 한바탕 뒤집히지만 정작 아이들은 태풍의 눈에 들어앉은 것처럼 조용하다.

오늘까지 벌써 나흘째. 기말고사 마지막 날이라 해도 교실은 여전히 낯설다. 커닝을 방지하기 위한 조처라는 게 불쾌하다. 우리가 인간 가림막도 아닌데, 원.

교실에서 분실 사건이 일어나면 선생님은 제일 먼저 아이들에게 눈을 감으라고 했다. 그리고 무조건 가져간 사람은 일어나라고 한다. 일어나는 사람이 없으면 선생님은 다시 열까지 숫자를 세고 그래도 아무런 움직임이 없으면 가방 검사를 하겠다고 다그쳤다. 난 분명 물건을 훔치지 않았어도 그때마다 가슴이 팔딱팔딱 뛰었다. 없어졌다는 게 나도 모르게 내 가방에서 나오면 어쩌지, 혹시 내가 가져가고도 착각하고 있는 건 아닌가? 두려워하다 마무리되었다며 눈을 뜨라고 할 때도 쉽게 뜨지 못했다. 실눈으로 가늘게 선생님을 확인하고 손으로 눈을 비비는 척하며 떴다.

그때처럼 시험 문제를 풀고 답안지에 마킹을 하면서도 내가 혹시 누구 걸 훔쳐보진 않았나, 스스로에게 의심이 들었다. 잠깐이라도 고개를 들 수 없었다. 목을 돌리다 다른 사람과 눈이라도 마주치면 얼굴부터 빨개졌다. 시험이 끝나고 나면 어깨가 결리고 뒷목도 뻣뻣했다. 평상시보다 일찍 끝나는 데도 피로감은 훨씬 컸다.

자유학년이 끝나고 중학교 올라와서 처음으로 시험을 본 뒤였다. 엄마 아빠의 의견이 궁금해 말문을 열었다.

학부모 참관인도 있는데 교실까지 옮겨서 시험 보는 건 지나치다. 학생들을 믿지 못하는 학교가 도리어 문제가 있는 거 아니냐고 말이다.

15도쯤 고개를 기울인 채 팔짱을 끼고 있던 아빠는, 내 말이 끝나자마자 독립 운동하는 투사라도 될 거냐며 나를 몰아세웠다. 거기다 왜 그러느냐, 튀어보고 싶냐, 핀잔까지 주었다. 그런 말을 함부로 했다간 앞으로 일이 생길 때마다 제일 먼저 지목당할 거라면서, 얘 말조심 시키라며 엄마에게까지 눈을 부라렸다. 날벼락을 맞은 듯 엄마 얼굴은 상기되었다.

학생이면 꽁치와 청어, 고등어 따위의 구별은 무의미하고 무조건 등푸른 생선으로만 알고 있으면 된다는 말인지. 의문도 품으면 안 되는 것처럼 싹둑 잘려진 내 질문에 더 이상 길게 이야기할 필요를 못 느꼈지만 나도 오기가 생겼다.

이건 학교가 우리를 예비 범죄자로 여기는 것이나 다름없다고 진지하게 설명했다. 역사책에서 봤던 불온한 사상을 가진 자를 색출해 내겠다는 그 '예비 검속'이라는 걸 예로 들었다. 통치자와 생각이 다르다며 사람의 사상까지 간섭해 미리 잡아가둔 게 얼마나 기만적이며 잔인한 것인가를 피력했다.

너, 혹시라도 밖에 나가서 그딴 소리 지껄이지 마라. 하라는 공분 안 하고 그게 뭐야? 우리 학교 애들도 꼭 너처럼 다른 데 신경 쓰는 애들이 뒤통수치더라.

아빠는 잠시도 틈을 주지 않았다. 아빠가 근무하는 학교의 학생들까지 동원하며 나를 몰아붙였다.

어쩜 나에게 젊은 혈기가 있었던 걸까? 아님 교육자인 아빠에 대한 최소한의 존경과 기대가 있었던 걸까. 불과 몇 달 전 일인데 아득하다. 피식 쓴웃음을 지으며 시험 준비를 한다.

연필과 수성 사인펜을 꺼내 놓는데, 책상에 적혀 있는 까만 글씨가 보인다. 사흘 동안 봤던 문구가 새삼스레 눈동자를 붙잡는다.

'수행으로 먹고 살 거야.'

그래, 뭐든 먹어야 살지. 깊은 바다 속 물고기가 움직임이 느리고 둔해도 먹기는 먹지. 하지만 많이 먹지 않는다고 했는데. 느려서 안 먹는 것인지, 많이 안 먹어서 느린 것인지 순간 궁금해진다.

"지필에서 점수가 부족하면 수행으로라도 보충해야지."

2학년에 올라오니 담임이 여러 번 강조한 말이다. 아마 학년을 불문하고 다른 선생님들도 비슷한 말을 많이 했나 보다. 책상에 각오처럼 새겨 놓은 걸 보면.

중간고사가 끝나고 얼마 지나지 않았을 때였다. 연초록의 나뭇잎들이 색깔만큼 연한 바람으로 일렁이는 오후, 유리창을 모두 열어 놓고 거실에서 미술 숙제를 했다. 모차르트를 들으며 마네처럼 부드러운 색을 찾아 붓칠을 하고 있었다. 자유화. 낱말이 주는 달콤함이 코끝을 간질였다. 주제를 따로 정해주지 않은 미술 선생님의 센스에 기분까지 더없이 좋아지는 평화로운 시간이었다.

지금이 어느 땐데 뭘 하고 있는 거냐.

퇴근해 들어오던 아빠가 버럭 소리부터 질렀다. 난 붓을 뒤로 감추며 엉거주춤하게 일어났다. 잔뜩 주눅 든 목소리로 수행 평가라고 웅얼웅얼댔다. 숙제를 하면서도 당당하지 못하니 어이가 없었지만.

당장 집어치워. 정신이 있는 거야, 없는 거야? 기말고사 준비는 안 할 거야?

아빠는 목에 빳빳하게 핏대를 세웠다.

숙제하잖아요.

앞질러 비난하는 게 싫어서 단답형으로만 대답했다. 내 목소리도 당연히 곱지 않았다.

그 시간에 영어 단어 하나라도 더 외워! 수학 한 문제라도 더 풀든가!

그럼 숙제는 어떡해요?

그깟 거, 신경 쓰지 마. 내가 알아서 해줄 테니까!

아빠 다시 소리쳤다. 만약 한마디라도 더 하면 핏줄이 터져버릴 것처럼 아빠 얼굴은 빨개졌다.

나는 소나기부터 피하고 보자는 마음이었다. 도화지를 펼쳐 놓은 채 주섬주섬 물감을 정리했다. 그리고 붓을 빨았던 물통을 들고 일어났다.

도화지도 치워.

물감이 말라야…

공부나 하라고 했잖아, 자유학기다 뭐다 학교가 헐렁해지더니 이런 쓸데없는 숙제만 내주고 말이야!

아빠는 도화지를 한번에 구겨 현관 쪽으로 던져버렸다.

나는 버려진 도화지를 주워들고 재빨리 방으로 들어갔다. 깊은 주름이 잡힌 도화지를 펴 놓고 책상에 오래 앉아 있었다. 마르지 않은 물감들이 눈물처럼 섞여 흘렀다. 이제 나가도 되나, 그냥 방 안에 계속 있어야 되나. 눈치를 보는 난, 단지 큰 물고기를 피해 바위틈에 숨은 작은 물고기가 되었을 뿐이었다.

나를 위한다는 아빠와 큰 눈만 끔뻑이며 아빠 옆에 그림자처럼 있는 엄마까지 답답했다.

다음 날, 퇴근한 아빠가 내 앞에 그림을 내밀었다. 배는 불룩하고 목은 잘록한 청잣빛 화병과 그 옆에 사과 두 개가 놓여 있는 정물화였다. 진짜 화가가 그렸나 의심스러울 만큼 붓 터치가 선명하게 살아 있고 명암의 대비가 분명한, 나로서는 흉내 낼 수 없는 그림이었다.

미술을 전공하고 싶은데 돈이 없어서 어쩔 수 없이 실업계 고등학교인 아빠 학교에 다니는 애한테 시켰다고 했다.

갠 그나마 공부가 좀 된 애여서 다행이야.

아빠는 사족처럼 덧붙였다.

그래도 숙제는 자기 손으로 해야…….

정형화된 틀 안에 갇힌 듯 답답하게 느껴졌지만 다 내뱉지 못했다. 아빠 기분을 상하게 하면 안 될 것 같았다. 엄마가 내 눈치를 살피며 말을 이으려고 하자 아빠는 모르는 소리 말라며 손을 내저었다. 다들 이렇게 한다면서 언제 수행평가에 신경 쓰고 공부 하느냐고 신경질이었다. 이 정도 대신 해 줄 수 있는 애들은 학교에 얼마든지 있다는 걸 강조했다.

넌 다른 건 신경 쓰지 말고 공부나 열심히 해. 그리고 이렇게 시간이 필요한 숙제 있음 미리미리 말하고.

아빠는 무척 자랑스러운 듯 나를 향해 말했다. 어쩜 자식의 숙제를 대신 챙겨줄 수 있음에 스스로 감격해 하는 지도 모를 일이었다.

아빠 학생들은 수업 안 들어요?

괜찮아. 어차피 공부보단 이런저런 경험을 더 많이 해봐야 할 애들이야.

나에게는 중학교 때부터 실력을 탄탄히 쌓아야 한다며 영어 단어와 수학 공식을 강조하던 아빠가, 자기 학생들에겐 인생의 다양한 경험을 위해서 강제로 술도 먹였을까? 그래서 인터넷에 기사가 떴을까?

00시 00특성화 고등학교, 지난 0월 0일 00수학여행 도중 인솔 교사가 학생들에게 음주 강요. 거부한 학생들에게 협박과 폭언. 교사의 강요에 술 취한 학생들끼리 집단 패싸움 발생. 학생들의 의견을 들은 교육부는 담당 교사와 학교장 등 책임자 불러 진상 조사 중.

아무리 시험 기간이라 해도 꼭 치러야 하는 통과의례. 핸드폰으로 본 웹툰을 드라마 재방 시청하듯 큰 화면으로도 봐야한다. 시험 사흘째인 어제도 머리가 지끈거리기는 마찬가지였지만 나는 집에 가자마자 컴퓨터를 켰다. 컴퓨터가 부팅되는 동안 교복을 갈아입었다. 바이러스 감염이 심한 듯 컴퓨터는 속도가 느렸다. 욕실에서 씻고 나왔는데도 컴퓨터 화면에는 아직도 실행 준비 중이라는 아이콘이 떠다녔다. 포맷을 다시 해야 하나, 고개를 갸웃하고 주스를 한 잔 마시고 났을 때야 포털에 접속되었다. 음주 수학여행, 음주 강요 교사, 수학여행 패싸움. 실시간 검색어 상위에 떠 있는 단어들을 보면서 습관처럼 메인 화면의 조회수가 가장 많은 기사를 클릭했다. 나와는 아무런 관계가 없는 얘기였는데, 읽는 순간 등줄기가 서늘해지며 심장이 불규칙하게 뛰었다.

분명 아빠 학교였다. 우연이라 하기엔 수학여행 시기와, 장소도 너무 똑같았다. 아빠 그 학교 수학여행 인솔 책임자였다.

믿을 수 없어 나는 눈까지 비비며 기사가 쓰인 시간을 거듭 확인했다. 이미 오래 전 있었던 일이 아니었다. 쓰인 지 하루도 지나지 않은 기사였다. 술 먹기를 거부했던 한 여학생이 부모에게 알려 뒤늦게 조사에 착수한 것이라고도 적혀 있었다.

기사 아래에는 물고기 알처럼 무수한 댓글이 달려 있었다. 기사가 올라온 시간에 비하면 가히 폭발적인 반응이었다. 수학여행 때 술을 먹는 게 그 학교 전통이라느니, 실업계 애들이니까 그랬을 거라는 추측도 달려 있었다. 또 선생님 말을 안 들으면 취업이 곤란한 후환이 있지 않았겠냐는 비난성 평가에, 되풀이되는 일이었는데 재수가 없어서 걸렸을 거라는 비웃음까지. 참으로 여러 가지였다. 구체적으로 학교 이름까지 적혀 있어 내 짐작에 확신을 주었다.

그 중심에 꼭 아빠가 있는 것만 같았다. 고개를 가로저었지만 혼란스러웠다. 빨리 사실이 아니라는 대답을 듣고 싶었다. 아니기를 바랐다. 사실이 아니어야 했다.

해가 넘어갈 때까지 컴퓨터 앞을 떠나지 못하고 검색을 하던 나는 인터넷에 뜬 기사를 엄마에게 보여주었다. 엄마는 스마트폰으로 검색도 안 해 봤는지 금방이라도 울음을 터뜨릴 것 같은 표정으로 아빠에게 전화를 걸며 불안해 했다.

전혀 모르는 일이야. 이것 땜에 수학여행 갔다 온 뒤에 계속 늦게 들어왔나?

그랬다. 아빠는 내 시험이 시작된 첫날도 자정을 넘겼다. 다른 때는 퇴근하자마자 들어와 가채점한 시험지를 보여달라고 했는데 이번에는 별다른 말이 없었다.

엄마와 통화할 때 별일 없다고 했던 아빠는 12시가 넘어도 들어오지 않았다.

집에 와서 얘기 한다면서 왜 이렇게 늦는다니. 설마, 사실이 아니겠지? 니 아빠 잘못되면 우린 어떻게 사니?

합장한 손을 입술에 대고 엄마는 몇 번이나 말했다. 엄마 역시 물 밖으로 나가지 못하는 물고기처럼 가여워 보였다. 아빠가 학교에서 징계라도 당할까, 앞으로 우린 어떻게 되는 것일까 그런 걱정이 훨씬 앞서는 것 같았다.

아빠는 새벽녘에야 술 냄새를 풍기며 들어왔다.

어떻게 됐어요?

엄마의 조심스러우면서도 다급한 말투에 아빠는 뜨악한 표정이었다.

뭐가?

인터넷에 뜬 그 기사……

엄마 말을 댕강 자르며 아빠는 더욱 소리를 높였다.

아무 일 아니라고 했잖아!

그래도 애들이 피해자…

어떤 쓸데없는 놈이 그딴 걸 올려서, 공부 못하는 애들은 꼭 앞뒤 분간을 못한다니까. 신경 쓰지 마.

그럼 당신은 어떻게?

도리어 잘못을 저지른 사람은 엄마인 것처럼 목소리가 죽어 갔다.

어떻게 되긴. 나 못 믿어? 걱정 마. 아무튼 실업계 애들은 이

래저래 골치 아파. 수시로 사건이 터진다니까.

실업계 애들이라서? 말끝마다 애들 탓만 하는 편의적 사고에
질려버렸다. 아빠에게 조금이라도 기대했던 내 자신이 실망스
러웠다. 고개를 가로저으며 막 내 방으로 들어가려는데 아빠가
물었다. 안방 문 손잡이를 잡은 채.

시험은 잘 보고 있지? 아빠가 수행도 해결해 줬고. 기대해도
되지?

난 온몸에 힘이 빠지며 주저앉을 것 같았다. 그깟 공부가 뭐
라고? 나는 마지막 힘을 짜내어 아빠에게 대들었다.

이 상황에도 시험이, 등수가 중요해요?

그럼 학교를 뭐 하러 다녀?

공중에서 아빠와 내 눈빛이 팽팽하게 맞섰다.

잘못 했으면 솔직히 말하고…

넌 누구 말을 믿는 거야? 아무리 떠들어 봐, 세상이 누구 편
일 것 같아. 공부 못하고 사람 대접 받을 수 있을 것 같아?

고압적으로 말을 자르며 애들을 무시하는 말투에 더는 견딜
수 없었다.

그래서, 공부 못 하는 애들이니까 술 먹이고 막 함부로 했어
요?

네가 뭘 안다고?

찰싹!

아빠는 비명처럼 외치고 내 뺨을 때렸다.

피부가 찢겨나가는 것처럼 아픈 뺨을 오 초쯤 감싸고 있었다. 난 현관 쪽으로 휙 돌아간 고개를 바로 잡았다. 이 사이로 말을 으깼다.

그래도 난 이중적으로 살진 않을 거라구요!

"너, 일어 서!"

유리창이 깨지는 것처럼 날카로운 소리. 또 내가 뭘 잘못했나 간이 쪼그라드는 것 같다. 천천히 고개를 들어본다. 시험 감독 선생님이 내 왼쪽 3학년 줄에 서 있다.

"왜 그러세요. 저 아무 짓도 안 했어요."

벌벌 떨리는 목소리. 옆줄에 앉아있는 나조차도 벌벌 떨린다.

"연필과 시험지만 들고 제일 뒤로 가!"

선생님의 윽박지르는 소리와 동시에 난 쥐고 있던 연필을 놓쳐버린다.

"또르르."

허리를 굽혀 주울까 말까 망설이는데 선생님은 다시 외친다.

"시험 보는데 왜 이리 어수선한 거야?"

선생님이 교실을 한 바퀴 빠르게 훑어본다. 그리고 내 눈과 마주친다.

움찔. 난 눈을 빠르게 깜박거린다.

"조용히 다른 연필 꺼내 써."

내가 떨고 있는 것을 알았는지 선생님은 그렇게만 말하고 곁에 있는 3학년 손을 잡고 앞뒤로 살펴본다.

"손바닥 펴고 감춘 것 내놔 봐."

"손에서 땀이 나서 그래요. 옷에 닦는 것도 안 돼요?"

"뭔가 잘못이 있으니까 그러지."

"긴장하면 땀이 많이 나서 미끄럽단 말이에요."

정말 터무니없다. 대체 얼마나 긴장을 했으면 저 언니는 선생님 눈에 띌 만큼 땀을 닦은 걸까. 그런 학생을 닦달부터 하다니. 시험 시간 내내 땀을 닦느라 신경 쓰는 학생을, 선생님은 먹잇감을 앞에 놓고 놓치지 않으려는 상어가 되어서 노려보고 있었을까. 그 매서운 눈길에 땀은 더 쏟아졌겠지. 시험 문제나 제대로 읽을 수 있었을까.

떨어진 연필을 포기하고 필통 속에서 다른 연필을 꺼내는데 하필 떨고 있는 어린 물고기의 눈동자 같은 까만색이다.

"10분 남았다. 마무리 해!"

시험 도중 소리를 지른 선생님은 마지막 친절이라도 베풀고 싶었나 보다.

난 지금까지 한 문제도 풀지 못하고 있다. 어서 풀어야지. 가자미처럼 눈과 정신을 한 곳으로 모으고 시험지를 뚫어져라 본다.

아빠가 강조하는 공부, 일 등. 서로 가림막이 되어 치러야 하는 시험. 대신 해주는 수행 평가. 다른 사람이 그린 그림을 가져다주며 아빠가 나에게 퍼부었던 말들.

어젯밤 팽팽하게 맞섰던 무수한 말들이 꼿꼿하게 살아나 내 머리를 긁어댄다. 손을 이마에 얹었다가 천천히 뺨을 감싸본다. 복어의 배처럼 생각들이 부풀대로 부풀어 올라 머리가 터져버릴 것 같다. 아빠는 떨칠래야 떨칠 수 없는 망령처럼 계속 내 머릿속을 맴돈다. 답답하다 못해 찔린 듯 아프다.

어쩜 눈이 멀거나 아예 없는 심해의 물고기가 편할 수도 있겠다. 볼 수 없기 때문이지만 그래서 적들의 공격을 피하기 위해 모래 속에 몸을 묻고 살지만 상황에 따라 색깔을 바꾸는 위장술보다는 차라리 정직해 보인다. 난 그런 위장술로 살고 싶지 않다. 하고 싶은 말이 더 많았는데, 아빠를 생각하니 가슴이 뛴다. 새벽에 맞은 뺨이 아직도 화끈거리는 것 같다.

시험지를 한 쪽으로 밀어놓고 답안지에 마킹을 시작한다.

1번 옆에 나란히 있는 동그라미 다섯 개 중 가운데에 새까맣

게 칠한다. 심연을 뚫고 들어온 한 줄기 빛에 물고기의 촉수가 움찔거린다.

2번에는 두 칸에 마킹. 촉수의 미세한 감각이 살아나면서 물고기의 지느러미가 서서히 하늘거린다.

33번까지 다섯 개씩, 모두 백육십오 개의 동그라미에 마킹을 한다. 큰 물고기에게 쫓겨 오랫동안 눈치를 보며 바위틈에서 나오지 못했던 물고기. 난 그런 물고기가 아니고 싶다.

답안지를 제출한 뒤 나는 교무실로 내려간다. 시험 기간 동안 학생은 교무실 출입을 금지한다는 안내문이 붙어 있다. 문 앞에서 심호흡을 한 뒤 미술 선생님을 부른다.

"수행 평가로 낸 그림이요, 그거 제가 그린 거 아니에요."

숨어서 겁을 내던 물고기가 조금씩 유영한다. 지느러미를 채펴지 못하고 몸뚱아리로 하는 헤엄이지만 조금씩 조금씩 나아간다. 물살을 거스르며 심호흡을 한다. 햇살 한 줄기, 눈으로 들어와 박힌다.

그 한마디

**

"이승민, 이승민, 빨리 일어나. 일요일이니까 수학 먼저 풀어 놓고 아침 먹어. 어제 못한 것 해야 하잖아!"

아침마다 들리는 딱딱한 엄마의 목소리가 오늘은 유난히 더 거슬렸어요. 베개를 눈 위에 덮고 고개를 흔들었어요. 못 들은 척 돌아누우려는데 '어제'라는 낱말을 듣는 순간, 퍼뜩 형의 얼굴이 스쳤어요. 까만 얼굴에 도드라진 광대뼈, 약간 올라간 작은 눈, 형의 첫인상은 썩 좋은 편은 아니었죠. 하지만 수줍어하는 듯 눈이 웃고 있었어요. 반달 같은 그 눈웃음 때문에 험악해 보이지 않았던 것 같아요.

저는 벌떡 일어나 책상으로 갔어요.

***

"봉사 왔지?"

"……."

건물 입구에서 쭈뼛거리는 제게 형이 다가오며 물었어요. 재빨리 대답을 못했던 건, 사실 창피했기 때문이에요. 다들 늘어지게 자는 토요일 아침을 반납하고 일찍 움직여야 한다는 자체만도 고역인데, 벌 받는 것으로 봉사를 간다고 생각하니 머리가 무겁다 못해 몸도 말을 듣지 않았어요. 그런데 형이 마치 나에 대해 알고 있으면서 묻는 것 같아 입술을 움직일 수 없었어요.

"난 여기 홍보 담당이고, 외부에서 온 봉사자들에게 안내도 해."

"네에….."

겨우 입을 떼어 기어들어가는 소리로 대답했어요.

"고맙다, 우리 복지관으로 와줘서."

"……."

"형이라고 불러."

저는 친구를 때렸어요. 주먹질을 좀 세게 했지요. 친구 코뼈가 무사한 게 지금 생각하면 천만다행이지만 그때는 내가 애를 죽인다 생각하면서 팼거든요. 세상에서 가장 강력한 힘을 가지고 있음을 증명해 보이고 싶었어요.

제가 싸움을 했다는 사실에 많이들 놀랐지요. 왜 주먹을 썼는지 아무도 묻지 않고 무조건 결과만 가지고 저를 몰아붙일 때는 진짜 억울했어요. 형도 소중한 것을 잃어본 적이 있나요? 형은 어쩜 연애도 해보고 실연도 해보고 저보다 훨씬 경험이 많아 내공이 쌓였을지 모르겠지만 전, 아니에요. 아직은 뭔가를 잃기보다는 차곡차곡 많은 것을 쌓아야할 열다섯 살 아닐까요. 그런데요, 이런 경험을 해 보셨다면 제 마음을 이해하실 거예요.

**

그러니까 한참 전의 좀 오래 된 일이기는 하지만, 제가 아홉 살 때 개구리 알 키우는 게 유행이었어요. 아이들은 모이기만 하면 개구리 이야기를 했고 키우던 것을 교실까지 들고 왔어요. 저도 문구점에서 산 개구리 알을 어항에 담아 놓고 날마다 들여다보며 부화하기를 기다렸어요. 올챙이가 되었다가 뒷다리가 나온 다음 방 안을 뛰어다니는 개구리를 상상하며 물을 갈아주고 정성을 기울였어요. 상상만으로도 즐거운 시간이었죠.

시간 날 때마다 어항을 들여다보는 게 엄마는 못마땅했나 봐
요. 억양의 변화 없이 딱딱하게 나무랐죠.

"넌 왜 그렇게 철이 없니?"

그 뒤부터였어요. 저는 다른 애들처럼 문구사에서 오락을 할
수도 없었고 오징어 다리를 사먹을 수도 없었어요. 철이 없다
는 소리가 가슴을 답답하게 막고 있었어요. 엄마 눈치를 보면
서 엄마가 좋아할 것 또는 좋아할 만한 것에 나를 맞추었어요.

주로 혼자 놀게 된 이유도 책상에 앉아 있기만을 강요한 엄마
덕분이기도 하지요. 그렇다고 꼭 공부만 하는 건 아니었어요.
손에 잡히는 지우개로는 알까기를 하면서 앉아 있죠. 바둑알은
책상에서 미끄러져 나갈 때 시끄럽고 금방 들킬 수 있지만 지
우개는 조용하고요. 엄마가 들어오면 지우개 고르는 척하거나
틀리는 걸 지우는 척 하고 있음 혼나지도 않지요. 아, 그러고
보니 볼펜으로 알까기 하는 것도 나름 재밌었네요. 책에 그림
을 그려놓거나 낙서를 해서 혼난 뒤로 저는 더 안전한 놀이들
을 찾았지요.

레고를 가지게 된 것은 엄마가 먼저 권했기 때문이에요. 공부
만 강요하는 엄마가 레고를 사주었냐고요. 레고가 창의성 발달
에 도움이 된다고 해서 제법 크고 비싼 것도 사 주었고 상장을
받아오거나 선생님께 칭찬 스티커만 받아와도 엄마는 꼭 보상

을 해주었어요. 나가서 친구들과 놀 수 없으니 책상에 앉아서 상상하며 놀았죠. 전투기로 적을 부수는 게 특히 좋았어요. 제가 초등학교 땐 제법 공부를 했나 봐요. 큰 레고가 꽤 여러 개였거든요.

그런데 시험이 끝나고 나면 평화는 깨졌어요. 책상이 발칵 뒤집히고 제 손때가 묻었던 레고들, 추억이 간직된 장난감들이 없어졌어요. 나중에는 제가 직접 만든 종이 로봇까지요.

엄마라는 이유로 제 것을 마구 버려도 되는 걸까요. 적어도 제 의사를 묻는 척이라도 해야 하지 않을까요.

저는 굳이 돈 들여서 사지 않아도 되는 것을 연구하고, 그러면서도 책상에서 할 수 있는 것을 찾아보았어요. 6학년 겨울방학 때였어요. 인터넷에 종이 건담 카페가 있다는 것을 알게 되었죠. 카페에는 각자 자기가 만든 작품을 올리고 만드는 과정까지 친절하게 소개했더군요. 카페 가입자도 참 다양했어요. 나이, 성별, 직업 불문하고 심지어는 애 아빠도 있었으니까요. 저는 카페에 올라온 정보를 참고해서 종이 로봇을 만들었어요. 이건 시끄럽지도 않고 책상에서 흐트러짐 없는 자세로 할 수 있는 놀이였죠. 건담을 만들어 책꽂이에 올려놓고 보면 뿌듯했어요. 저를 지켜주는 수호신이 생긴 것 같아 든든하기도 했어요.

하루는 방으로 들어온 엄마가 변함없는 그 딱딱한 말투로 물었죠. 아니 묻는 듯 했지만 한심하다는 투였어요.

"네가 뭐가 부족해서 폐지를 갖고 그러니?"

"창의적이어야 한다면서요."

"중학생이나 돼서 한다는 게, 아휴!"

"여기 날개 장식만 끝내 놓고, 수학 풀 거예요."

'걱정 마세요'라는 말은 속으로 삼켰어요. 내 대답에 엄마는 팔짱을 낀 채 가만히 있었어요. 생각해보면 그때까지는 고맙게도 제가 만드는 것을 강제로 빼앗은 적은 없었어요. 만들어 놓은 것을 내다버린 적은 있지만요.

그나마 한 개 두 개 건담이 늘어날 수 있었던 건 겨울 방학이어서 가능했을 거예요. 시험이 없으니 엄마와 나 사이가 잠깐은 해빙기였던 셈이죠. 개학하고 엄마와 나 사이에는 '겨울왕국'에 나오는 엘사의 마법보다 강력한 얼음 절벽이 생겼어요.

2학년에 올라오자마자 진단 평가를 봤어요. 기다렸다는 듯시험지를 확인한 엄마는 쉬운 걸 틀렸다며 화를 냈어요. 이제정신을 바꿔야 한다고 했어요. 저는 엄마의 감시 아래 거실에서 늦게까지 문제를 풀고 또 풀었어요. 유사한 유형의 문제, 심화 문제, 확장 문제. 태평양보다 깊고 넓은 인터넷에는 뽑을 수있는 문제도 무궁무진하지요. 바닷물을 다 퍼낼 기세로 문제를 출력하던 엄마가 멈춘 건 잉크가 떨어졌기 때문이에요.

겨우 눈을 붙이려고 하는데 만들다 둔 건담이 보였어요. 내내 졸려서 반쯤 감겼던 눈이 반짝거리면서 아이디어가 떠올랐어요. 저는 책상으로 다가갔어요. 강력한 힘을 가진 새로운 무기를 장착해 멋지게 완성하고 싶더군요.

시간이 얼마나 흘렀는지 몰랐어요. 마지막 작업을 하고 있는데 문이 벌컥 열렸어요.

"일찍 일어나서 공부 좀 하나 했더니, 넌 도대체 언제 철 들래? 언제?"

엄마는 제 손에 있던 건담을 가로챘어요. 부들부들 떨면서 책상에 있던 것들을 쓸어내렸어요. 책장에 세워 두었던 건담들까지 바닥으로 내동댕이치며 짓이겼어요. 저는 본능적으로 나동그라진 건담을 주워들었죠. 엄마는 비명을 지르며 제 손에 있는 것을 잡아챘어요. 그리고 손으로 마구 찢으며 쓰레기통에 넣었어요.

"이딴 게, 도대체 이딴 게 뭐야?"

공부를 할 수도 그렇다고 잠을 잘 수도 없었어요. 부들부들 떨리는 손으로 로봇을 만들 때 필요한 가위와 풀, 두꺼운 종이와 색종이들을 챙겨 가방에 넣었죠. 내동댕이쳐진 건담들 때문에 마음이 아프고 동시에 화가 끓었지만 주문을 걸었어요.

다시 만들면 된다. 더욱 강력한 걸로 만들면 된다.

아무 말도 하지 않고 고개를 푹 숙인 채 학교로 갔어요. 해가 뜨기도 전에 말이지요.

***

텅 빈 교실에서 저만의 작업에 열중했어요. 다행히 이면지를 모아 놓은 박스에 복사 용지가 많이 있어서 종이 걱정 따위 안 해도 되었구요. 시간에 신경도 쓰지 않고 접었다 폈다를 반복 했지요. 마침내 종이를 여러 겹으로 붙여 튼튼하고 새로운 무기를 장착한 최첨단 건담을 만들었어요. 트랜스포머처럼 변신 하며 위기에는 하늘로 날아오르는 수륙 양용형 모델이었지요.

"야, 초딩도 아니고 그게 뭐냐?"

누군가 제 어깨를 쳤어요. 고개를 들어보니 어느새 교실에는 애들이 들어와 있었어요. 저는 입꼬리만 살짝 올려 아이들을 향해 웃어주었어요. 마무리 작업을 하려고 고개를 숙이는데 제 어깨를 쳤던 녀석이 접어 둔 별 모양의 표창을 펴면서 이죽거 렸어요.

"하이고, 찌질한 인생, 폐지로 이게 뭐냐?"

저는 번개처럼 뺏어와 다시 처음처럼 접었죠.

"놔라. 신경 쓰지 말고."

제 입에서는 녹슨 철 대문 소리가 났어요. 눈에 열도 몰리는 것 같았지요.

"이딴 게 뭐라고!"

녀석이 건담을 휙 낚아채 돌아섰어요. 메고 있던 커다란 가방이 레이저를 막기 위한 방패처럼 보였어요.

"강력한 내 무기다! 왜?"

벌떡 일어난 저는 녀석의 등을 가격했어요. 인정사정 봐주지 않고 최대한 짧은 시간에 제압하는 것이 목표였어요.

'레이저 주먹으로 얼굴을 맞추고 왼쪽 날개에 달아 놓은 표창을 던져 적의 심장을 적중시킨다. 마지막에는 내 무쇠 다리로 최종 목줄을 끊어주면 된다'고 상상했죠.

누군가 저를 붙들고 소리를 지르며 말렸어요. 그래도 저는 오로지 적을 섬멸해야 한다는 생각뿐이었어요. 숨이 차서 주먹질을 멈추었는지 담임 선생님이 들어와서 동작을 그만두었는지 모르겠어요. 정신을 차리고 보니 담임 선생님이 앞에 계셨어요.

협의실로 끌려가 선생님께 취조를 받는 동안에도 전 현실감이 없었어요. 나중에 후회하고 반성도 했지만 그 순간에는 난 정의의 사자고 악의 무리들을 쓸어버려야 한다는 생각이 아주 아주 강했어요. 건담에 빙의된 것처럼 말이에요.

**

"이승민 책상에서 자는 거 아니지? 밥 다 되면 부를 테니까 집중해!"

엄마가 문을 열어보고 나갑니다. 다행이에요. 침대에 계속 누워 있었다면 잔소리 폭풍이 휘몰아쳤을 텐데 책상 앞에서 연필을 쥐고 있어서요.

제 손은 바짝 말라 푸른색 정맥이 도드라져 보입니다. 흙이 담긴 통을 들 때 형의 손을 봤죠. 손등이 두꺼운 사람은 힘이 좋아서 일을 잘 하고 또 신의가 두텁대요. 마른 몸피와 달리 두툼한 형의 손등을 보면서 어쩌면 제 마음이 먼저 열리고 있었는지도 모르겠네요.

***

형과 같이 흙이 담겨 있는 통을 들고 팻말이 달랑거리는 다목적실에 들어갔잖아요. 처음에는 좀 놀랐어요. 바닥 전체에 비닐이 펴져 있어서 놀랐다기보다는 휠체어에 앉아 있는 사람이 많았거든요. 솔직히 휠체어에 앉아서도 계속 머리를 흔들고 있는 사람, '어 어' 알 수 없는 소리를 내는 사람을 가까이서 본 것은 처음이었거든요. 번잡하고 소란스러운 틈에 이들과 내가 과연 무엇을 해야 하나 괜히 이곳으로 왔나, 아찔했어요. 도대체 적응하기 힘든 전혀 새로운 광경이었으니까요.

그런데 형은 아랑곳하지 않고 저에게 '자원봉사'라고 적힌 목걸이를 내밀고 있었어요. 저는 최대한 침착하게 목걸이를 걸면서 주변을 살폈지요.

마음으로 빚는 도예 교실

칠판 위에 붙여진 플래카드를 보고 나름대로 상황을 파악했어요. 힘겹게 흙을 들고 들어왔던 까닭을요. 그러면서도 살짝 미심쩍었던 건 이 사람들이 과연 무얼 만들 수 있을까, 혹시 쓸데없이 시간 낭비하는 건 아닐까 하는 것이었어요.

미술 시간에 찰흙 놀이는 해보잖아요. 물론 부드러운 흙의 느낌이 좋기는 하지만 딱히 또 하고 싶다는 생각은 들지 않았어요. 손톱 사이에 흙이 끼어서 갑갑하고 치우려면 성가시고 또 마르는데 시간도 필요하잖아요. 귀찮다는 기억이 앞서는 것 같은데, 도자기라니요. 게다가 몸도 성치 않은 사람들이. 또 그릇을 어떻게 굽고 보관할 건지 의문이 들기도 했어요. 제 물음을 비웃기라도 하듯 도예 선생님은 석 달 동안 진행될 프로젝트라며 유약 작업과 굽는 과정까지 세세히 설명해 주셨어요. 그리고 파워포인트로 도자기 만드는 과정 전체를 보여주셨어요. 그 사이 저는 교실 옆에 있는 게시판을 봤어요. 그림 그리기, 종이 접기, 노래 부르기 등이 적힌 시간표가 있었고 그 옆으로는 크레파스로 그린 그림도 붙어있었어요. 이곳에서 활동한 결과물인가 싶었는데 갑자기 '와!', '우!' 하는 소리가 나는 거예요. 무슨 일이지 싶어 고개를 돌렸더니 가마에서 다 구워진 도자기를 꺼내는 영상이 나오더군요. 저는 또 한번 놀랐어요. 자기 손으로 직접 만든 것도 아닌데 감탄사를 내뱉는 감수성. 정말 대단했어요. 빨리 만들어 보고 싶다는 열망의 표현이었을까요.

"다들 도자기 만들기를 제일 해보고 싶다고 했어, 다들 엄청 좋아하지?"

제가 너무 어리벙벙한 표정을 짓고 있었나 봐요. 형이 웃으며 주변을 둘러봤어요. 드디어 만들기 시작! 휠체어에서 내려 바닥에 앉은 사람도 있었고, 휠체어에서 내려올 수 없는 사람을 위해서는 책상 위에 흙을 펴 줬지요. 의식을 치루는 것처럼 무척 진지했어요. 곧이어 교실은 떡메 치듯 흙을 치대는 소리, 이만큼 줄까, 뭐 만들 거야? 물어보는 소리, 엄마 얼굴 만든다고? 하며 까르르 터지는 웃음소리들이 뒤섞였어요.

또 잠깐 넋이 나간 상태로 서 있는데 형이 제 팔을 끌어 당겼어요. 저는 형 옆으로 바싹 다가갔죠. 형이 고개를 제일 심하게 흔들리는 사람을 가리켰어요.

"미라 씨 도우미 좀 해. 서로 인사 나누고."

순간 좀 짜증스러웠지요. 한쪽에서 지켜보다 대충 청소나 하려고 했는데 감당하기 힘든 숙제를 부여받은 기분이랄까요. 연속 흔드는 고개와 다리 위에 덮인 작은 담요. 손가락이 붙은 채 구부러진 손. 미라 씨는 물건을 집거나 잡을 수도 없게 보였어요. 감히 도자기를 만들 수 있을까 보고 있는 사이 미라 씨가 침을 흘렸어요. 형은 꼼꼼히 닦아 주었구요. 제게 당부를 했잖아요. 미라 씨는 휠체어 바퀴도 혼자 밀 수 없을 정도로 힘이 없으니 더 세심하게 봐달라고요.

미라 씨는 제게 아는 체를 하는 것처럼 '어 어' 소리를 내며 팔을 올렸다 내렸어요.

웃는 건지 우는 건지 알 수 없는 표정에 저는 어떻게 해야 할지 몰라 인사를 하는 것처럼 턱만 까딱했지요. 그 사이 또 미라 씨 입가에는 침이 흘렀어요. 형이 재빨리 닦아 주면서 같이 만들기를 하라고 했어요. 흘러내리는 침도 감당하기 어려웠고 처음 인사를 하는 순간에도 가만히 있지 못하는 사람과 같이 만들기를 하라는 것도 과하다 싶었지요. 저는 장승처럼 서 있었어요. 차라리 외면하고 싶었어요. 아니 그냥 나가버릴까 갈등도 했지요. 뭘 만들기보다 그 자리를 지키는 게 더 어렵게 느껴졌는데, 다행히 형은 미라 씨 곁을 떠나지 않고 말동무가 되어

주었지요.

"어때? 흙 느낌이, 촉촉하고 부드럽지?"

형은 인상과 달리 저음이면서도 맑은 목소리가 은근히 매력적이었어요. 조근조근 얘기하는 소리를 들으며 저는 양 손바닥으로 흙을 문질러 긴 줄을 만들었어요. 역사책에 나오는 것처럼 투박한 토기나 만들어볼 생각에서요. 그리고 길게 만든 흙을 동그란 모양을 잡아 빙 둘러 이어붙이며 틈이 생기지 않도록 잘 문질렀어요. 저도 모르게 흙에 정신이 팔렸지요. 아까도 말했지만 전 만들고 관찰하는 걸 좋아하는데 엄마한테 제지당했잖아요. 그동안을 보상 받듯이 열중하고 있는데 형의 목소리가 들렸어요.

"이 학생 잘 하지. 봐봐 이렇게 하면 그릇이 되는 거야. 옛날 사람들은 여기에 빗살 무늬랑 또 소망하는 것들을 새겨 넣기도 했는데 미라 씨는 어떤 걸 그려 넣고 싶어?"

저는 만들었던 그릇을 미라 씨 앞으로 슬며시 밀어주었어요. 미라 씨는 연신 고개를 흔들고 있었죠. 표정의 변화를 느낄 수 없었는데도 형이 미라 씨에게 흙을 떼어 주면서 물어 보았죠.

"우리도 그릇 만들고 그림도 새겨볼까?"

뭐든 다 좋다는 식으로 미라 씨가 고개를 끄덕이는 것을 보면서 '아, 따로 신경 안 써도 되겠구나. 그냥 여기 있으면 되나

보다' 안심했죠. 형이 옆에 있었으니까요. 그래서 이번에는 종이 대신 찰흙 건담을 만들었어요. 네모 모양으로 몸통을 만들고 다리를 만들어 붙인 뒤 중심을 잡고 팔을 만들어 로봇의 기본 모형을 잡았죠. 종이로 만드는 것보다 투박했지만 시간은 조금밖에 걸리지 않았어요. 전체적인 틀을 만든 뒤 각 부분별로 세밀한 작업을 하려는데 형이 자리를 옮기며 제 어깨를 짚었어요.

"혼자만 너무 재밌게 하지 말고 미라 씨 좀 봐 줘."

저는 정말 딱 무기 하나만 더 만들고 미라 씨를 봐주려고 했어요. 그런데 바로 그때였어요. '어 어' 소리와 함께 미라 씨 머리가 책상으로 고꾸라졌어요. 미라 씨 얼굴이 흙무더기 속으로 파묻혔어요.

저는 재빨리 일어나서 미라 씨 몸을 껴안았어요. 미라 씨 몸이 심하게 흔들리며 바닥으로 빨려 들어가는 것 같았어요. 저는 힘을 주었어요. 등에서 땀이 나면서 그 다음 어떻게 해야 할지 모르겠더군요.

다른 사람을 봐주고 있던 형이 급히 뛰어오고 옆에 있던 봉사자들도 달려와서 부축을 해줬죠. 그리고 미라 씨 상체를 조심스럽게 안아 일으켜서 휠체어에 고정을 시켰죠.

"안전띠가 풀렸구나."

형은 휠체어 안전띠를 고정시키고 미라 씨 얼굴에 묻은 흙을 닦아주며 농담을 했어요.

"빨리 만들고 싶어서 얼굴까지 들이댄 거야? 하여간 성격도 급하다. 천천히 해, 시간도 많은데."

미라 씨는 입을 더 크게 벌렸어요. 별로 웃기지 않는데 막 웃는 것처럼 보였어요. 침이 더 많이 흘러내렸어요.

***

그 순간 땅으로 꺼져 버릴까, 난 왜 이 모양이지. 수없는 자책과 한탄으로 서 있기조차 힘들었어요. 간신히 책상에 몸을 기댔어요.

"괜찮아. 다 괜찮아."

미라 씨 자리를 다시 한번 점검한 형이 제 어깨를 두드리며 했던 말이에요. 순간, 제 마음에 따뜻한 물기가 확 번졌어요. 눈두덩까지 차오르는 눈물을 어떻게 참았는지 몰라요. 얼마 만에 들어본 말인지. 말 한마디가 인간의 마음을 꽉 차도록 한다는 거 처음으로 느꼈어요.

괜찮다는 건, 좀 봐주겠다는 뜻이잖아요. 잘못했어도 나중에 더 잘하면 된다는 거잖아요. 누구나 실수할 수도 있는데 만회할 기회조차 주지 않는 건 참 잔인하다고 생각했었어요. 그렇잖아요. 시험 한 번에 공부 잘하는 아이와 못하는 아이로 나뉘고 싸움 한 번에 폭력 아이, 문제아로 낙인찍히는 세상. 저는 사회가 삭막하고 각박하다고만 투덜거렸거든요.

***

자리가 정돈 되고 다들 하던 일에 다시 열중하자 형은 미라 씨 어깨를 두드려 주고서 일어났어요. 저는 곁눈질로 슬며시 형을 살펴봤죠. 형은 옆 책상에서 만들기에 열중하는 사람들을 살펴주고 나서 다목적실을 돌아다녔어요. 마치 저에게 다시 기회를 줄 테니 잘해보라는 뜻으로 보였어요. 저는 미라 씨가 또 책상에 머리를 들이박지 않도록 신경을 썼어요. 마음에 따뜻한 물이 찰랑거리는 걸 느끼면서요. 처음의 어색하고 낯설고 조금은 무섭기까지 했던 미라 씨도 조금씩 친근하게 여겨지던 걸요. 가뭄에 갈라진 논바닥처럼 딱딱하고 균열 생긴 제 마음에 생판 몰랐던 형이, 단비를 내려주신 거지요.

복지관 식구들도 전혀 형을 의식하지 않고 자기 일에 열중했어요. 그렇게 만들기가 다 끝난 뒤에도 형은 인상적이었어요.

미라 씨를 비롯한 복지관 사람들이 숙소로 돌아간 뒤 저는 다른 자원봉사자들과 청소를 하고 있었어요. 책상을 구석에 밀어놓고 조금 전 만든 작품은 그 위에 올려놓았죠. 바닥에 깔았던 비닐을 개어 놓고 바닥을 닦고 몇 사람은 걸레로 창틀을 닦고 있었어요. 형은 도예 선생님과 작품을 보면서 도사처럼 짚어내며 감상하시더군요.

"정아 거, 현욱이가 만든 거, 이건 해숙이 누나 거."

실은 형 얼굴만큼 울퉁불퉁하고 삐뚤거리는 작품들 아니 작품이라 말하기도 뭐 할 만큼 조잡하고 보잘 것 없던데 감탄을 하다니. 지금까지 저는 소중히 여기는 제 것이 없어지는 것만 봐 왔고 그래서 속상했잖아요. 그런데 제대로 중심도 못 잡고 기우뚱거리고 만지면 금세 쓰러질 것 같은 작품들을 기억하며 고개를 끄덕이는 형이 신기했어요. 뚫어지게 쳐다봤어요.

"마르면 한결 나아보일 겁니다, 유약 칠해서 구우면 반짝반짝 빛나는 그릇이 될 거에요."

마치 도예 선생님은 아첨하는 것 같았어요. 형은 한술 더 떴어요.

"이 세계에서 아니 우주에서 하나뿐인 그릇들 아닙니까. 다들 정말 좋아하잖아요. 즐거웠던 시간으로 대만족입니다."

지금까지와 달리 제법 호방하게 말씀하셨는데 형의 낮은 톤은 여전했지만요.

즐거웠던 시간, 간직할 수 있는 추억 다 좋은 말이에요. 명절 때 사촌 형들 만나면 같이 영화도 보고 나름대로 추억을 쌓

앉던 것 같은데 제가 중학생이 된 뒤로는 만나지 못했어요. 학원에서 하는 단기 속성반 수업에 참석했기 때문인데요, 갑자기 친척 형들도 보고 싶네요.

저를 아는 누구라도 "토요일에는 어땠어? 봉사는 잘 했어?" 하고 물었다면 "그냥 그랬어" 성의 없게 말하고 말았겠지요. 그런데 지금은 "괜찮았어" 그렇게 말하고 싶어요. "괜찮아"라고 말할 때 제 마음에 물결이 번지는 것처럼 촉촉해집니다. 또 누군가 어깨를 두드려준 것처럼 든든한 기운도 느껴집니다.

참, 제가 때린 친구에게 사과는 했지만 마음 깊은 곳에서 우러나온 것이었나 다시 생각해 봤어요. 상황을 모면하기 위해 얼렁뚱땅 넘긴 것 같아요. 내일 학교에 가면 진심으로 다시 말해야겠어요. 진심은 통하겠지요?

**

"이승민, 빨리 나와 밥 먹어. 몇 번이나 불렀는데 안 들려? 너 또 엉뚱한…?"

미라 씨가 만든 그릇은 잘 마르고 있을까? 다음 주말에 다시 복지관에 가봐야지 생각하는데 엄마 말이 뚝 끊기더니 문이 열려요.

"뭐야 문제 하나도 안 풀었잖아, 아까 그대로잖아!"

수학 문제집을 들여다 본 엄마가 인상을 씁니다. 전 어깨를 으쓱하고 샤프를 한 바퀴 돌린 뒤 묻습니다.

"엄마의 마음을 채우는 한마디는 뭐예요?"

꽃잎이 된 교복

민혜는 하늘색 가루 세제 '하이타이'를 대야에 붓고 수도꼭지를 돌렸다. 물이 쏟아지자 빙그르르 소용돌이가 생기며 거품이 일었다. 왼손으로 휘휘 저어 가루를 녹인 다음 수도꼭지를 잠갔다. 쭈그려 앉아 오른손에 들고 있던 교복을 담갔다. 뒷집 영옥이 언니에게서 물려받은 것이다. 실내복은 동네에서 구할 수 없어 새것을 샀지만 교복은 헌것을 얻었다. 깨끗하게 빨았다는데도 누렇게 변한 게 영 마음에 차지 않아 다시 빨고 있는 거다. 뽀글뽀글 부풀어 오른 거품이 대야를 넘쳤다. 교복을 물에 담가놓은 뒤 손을 헹군 민혜는 마루에 걸터앉았다.

　"엄마, 저 수건 누구 것이여?"

빨랫줄 한 켠에 수건 세 개가 널려 살랑거렸다. 방에서 이불 홑청을 다듬는 엄마를 향해 물었다.

"아랫방 훈이 것인디, 엊저녁에 안 들어왔드라."

"내가 걷어 놀까?"

엄마 대답을 듣기 전에 민혜는 발딱 일어났다. 선 채로 수건을 개어 햇살이 비스듬하게 걸쳐 있는 툇마루 끝에 놔두었다. 강진에서 올라왔다는 훈이는 고등학생 때부터 민혜네 아랫방에서 자취를 했다. 주말이면 같이 빨래도 하고, 문을 열어 놓고 청소할 때는 마루에 걸터앉아 라디오를 듣기도 했다. 대학생이 되면 많이 놀아준다고 큰소리치더니 되려 얼굴 보기가 힘들었다.

대야의 거품이 꺼지자 민혜는 두 손에 힘을 주고 교복을 주물렀다. 칼라에 노란색 색연필을 그어 놓은 것처럼 뚜렷한 선이 있는 부분은 세탁비누까지 덧칠해서 힘을 더 주고 비볐다. 손바닥이 새빨개지도록 문질렀지만 교복은 생각처럼 하얗게 되지 않았다. 민혜는 잠깐 교복을 담가 놓고 방에서 잉크병을 가지고 나왔다. 물에 파랑색 잉크 한 방울을 조심스럽게 떨어뜨린 뒤 휘휘 젓고 교복을 헹궈 널었다. 아랫방 훈이 오빠가 가르쳐준 방법이었다. 잉크를 두러 방으로 들어간 민혜는 벽에 걸려있는 실내복을 봤다. 빨랫줄에 널어놓은 교복과 너무 차이가 났다. 마당으로 나가 다시 교복을 살펴봤다. 누런색이 아무래도 거슬렸다. 역시 헌것은 빨아도 빨아도 마찬가지인가 보다. 어떻게든 참고 입으려고 했는데 실내복과 비교해보니 성에 차지않았다.

갑자기 코끝이 알싸했다. 고춧가루를 풀어 놓은 것처럼 공기가 뜨거워졌다. 연방 재채기가 나왔다. 코를 비비며 민혜는 엄마 곁으로 갔다. 저절로 코맹맹이 소리가 났다.

"교복 새 걸로 맞춰줘."

누런 교복이 싫었다. 왠지 가난한 티가 날 것 같아 걱정되었다. 아직 교복 입을 날이 며칠 남았으니 헌것도 괜찮다 했던 말을 물리고 싶었다. 지금이라도 새로 맞추면 될 것 같았다.

"어디 찢어진 데도 없는디 왜 그냐, 다른 애들도 다 헌것 입든만."

꾸욱꾸욱 밟았던 이불 홑청을 사방으로 펼치며 엄마가 말했다. 어깨살이랑 젖가슴이 출렁거린다.

"다른 애 누구? 하얀색 입으랬지 미색 입으라고 안 했다고, 빨아도 누우런 것이 며칠만 입으면 개나리색 되것네."

색깔도 그렇지만 땀 흡수도 안 될 것 같은 뻣뻣한 옷감도 거슬렸다.

"교복이사 학교 오갈 때만 입고 교실에선 하루 종일 실내복 입으니까 실내복이 더 중하잖어? 그래서 새 거 사 줬구만.”

“애들은 실내복도 두 벌씩 하고 체육복까지 샀단 말이여. 책상보도 서비스로 받았다고 자랑하든디, 나는 헌 교복에 책상보랑 체육복은 엄마가 만든 것이고….”

생각할수록 촌스러웠다. 학교에서는 책상에 흠이 생기고 교복도 더러워진다고 하얀색 천으로 책상보를 깔라고 했다. 지난주부터 아이들은 실내복 살 때 서비스로 받았다며 입학할 때 쓰던 책상보를 새것으로 바꾸고 그 위에 두꺼운 아스테이지를 깔기도 했다. 아무튼 새것은 항상 깨끗하고 좋은 것 같은데, 엄마가 시장에서 천을 떠다 만들어준 밋밋한 책상보도 마음에 안 들기는 마찬가지였다. 동네에서 실내복을 얻을 수 없었던 게 그나마 천만다행이다.

“공부만 잘하믄 돼.”

연달아 재채기를 하고 난 뒤 엄마는 또 홑청을 뒤집어 밟기 시작했다.

“공부 잘한다고 누런 헌 옷이 새것 되지 않고, 또 공부 잘하는 애들이 더 좋은 것도 많이 갖고 다녀.”

“옛날엔 가방이 없어서 보자기에 책 싸갖고 댕기고 닳아지고 찢어진 옷 입고 댕겨도 공부만 잘했어, 이것아.”

“옛날하고 비교하지 마. 지금은 부잣집 애들이 공부도 더 잘

하고 선생님들한테 이쁨도 더 받아."

엄마가 무슨 근거로 그런 말을 하는지 반발심이 일었다. 6
학년 때를 생각하면 속이 상했다. 안 석이랑 똑같은 점수를 받
았어도 걔만 상을 받았다. 선생님이 민혜를 세워 놓고 이번에
잘 했지만 지금까지 점수를 종합한 결과 어쩌고 하는 변명 같
은 걸 했다. 백일장이나 미술 대회에도 안 석만 나갔다. 똑같이
잘 했어도 기회는 늘 그 애에게 갔다. 애들은 안 석 엄마가 5학
년 1반 담임이라서 그럴 거라며, 중학교는 실력대로 인정받는
공평한 곳이라고 위로해줬다. 민혜는 빨리 중학생이 되고 싶었
다. 차별 없는 학교에 다니고 싶었다.

중학교 반 배치 고사를 보는 날 민혜는 기분이 좋았다.

"자, 시험지를 뒤로 넘기시오."

"10분 남았으니 이제 마무리를 하시오."

"입학하고 다시 만납시다, 여러분."

꼬박꼬박 경어를 쓰는 선생님 말투만 봐도 불공평한 것은 하
나도 없을 것 같았다. 진짜 존중받는 느낌이 들어 입학을 얼마
나 기다렸는지 모른다. 그 덕이었는지 반에서 이 등으로 입학
한 민혜는 부실장까지 되었다.

입학한 뒤 만난 선생님들 중 유독 가정 선생님만 무표정에 성
격도 깐깐했다. 일주일에 한 번씩 책상보 검사를 했다. 앞으로

실내복과 교복도 검사한다고 했는데 목에 누렇게 있는 테두리를 보면 더럽다며 절대 안 봐줄 것 같았다. 부실장 체면이 말이 아니었다. 헌 교복 물려 입는다고 했던 게 후회스러웠다.

엄마는 민혜 말을 듣는 둥 마는 둥 코를 비비더니 이불 홑청을 잡아당겼다.

"중간고사에서 반 일 등, 아니 전교 일 등 할 거니까 맞춰주소."

민혜가 엄마 손을 잡고 흔들었다.

"손 잡지 말고 이거 끄트머리나 잡아봐."

엄마가 민혜에게 홑청 가장자리를 내밀었다.

"새것으로 맞춰 주면 도와주께."

"저것이 참말로…."

엄마가 혀를 찼다. 민혜는 발을 구르며 작은 방으로 들어갔다.

영어 책을 펴놨지만 알파벳이 하나도 들어오지 않았다. 헌 교복을 입은 모습이 그려지며 자꾸만 움츠러들었다. 부잣집에서 태어났더라면 좋았을 걸, 신세가 처량했다.

밖에 나가서 놀던 동생들이 들어오자 우당탕탕 집이 시끄러웠다. 누구라도 방에 들어와 방해하면 가만두지 않을 거라며 민혜는 벼르고 있었다.

"공부가 되냐? 불도 안 켜고."

엄마가 들어와 스위치를 올렸다. 벌써 7시가 되었다. 민혜는 시계만 힐끔 올려다보고 고개를 돌리지 않았다. 엄마는 방 안을 휘 둘러보고 교복 얘기는 꺼내지도 않았다.

"아버지가 늦은갑다, 우리 먼저 밥 먹자."

민혜는 눈을 내리깔고 꼼짝 하지 않았다. 엄마가 한숨을 쉬고 나갔다.

"언니 밥 먹어."

영어 단어가 외워지지 않았다. 영어 책을 덮고 수학 책을 꺼내는데 동생 민희가 들어와 불렀다. 민혜는 못들은 척 거칠게 책장을 넘겼다.

"안 먹을란갑네 대답도 안 하고, 언니 왜 삐쳤어?"

"놔둬라, 전교 일 등 할라고 결심을 단단히 했는갑다."

엄마 목소리에 이어 민수와 민희 목소리는 젓가락과 숟가락 소리에 묻혔다. 민혜는 왼손을 이마에 짚은 채 침 한 모금도 넘기지 않았다.

8시쯤, 아버지가 들어오는 소리가 났지만 움직이지 않았다. 두 귀의 신경만 온통 바깥을 향했다.

"집은 그래도 덜 맵구만, 일하는디 혼났어. 며칠째 시내가 아조 쑥대밭인디, 아랫방 훈이는 들어왔든가?"

"아직 안 왔소, 마루에 걷어 놓은 빨래도 그대론디, 바쁜가?"

"대학생들은 다 잡아간다는 소문이 있어. 휩쓸려 댕기믄 안
될 것인디…."

엄마와 아버지가 이야기 하는 틈에 민희가 끼어들었다.

"아버지, 언니는 밥 안 먹고 굶었다요, 나는 왜 그런지 이유
를 알지."

"언니한테 대들고 버릇없이 굴었냐?"

"나 착한 거 암시롱."

아버지 앞에서 촐랑거리는 민희 목소리 다음으로 엄마 목소
리가 이어졌다.

"교복 새로 맞춰주라고 고집을 부리요."

교복이라는 소리에 민혜는 두 귀를 더 쫑긋 세웠다. 아버지
대답을 기대하는데 달그락달그락 밥 먹는 소리뿐이었다. 배가
고팠지만 엄마 대답을 듣기 전에는 꼼짝하기 싫었다. 12시가
넘도록 책상에서 내려오지 않았다.

엄마가 일어나기도 전, 민혜는 아침밥도 먹지 않고 학교로 갔
다. 확실하게 자기 마음을 보여주고 싶었다. 토요일이라 학교
는 일찍 끝났다. 저녁과 아침까지 두 끼나 굶었더니 힘이 쭉 빠
졌지만 점심도 굶을 생각이었다. 교복을 맞춰주기 전에는 절대
밥을 안 먹겠다고 다짐했다. 마루에 책가방을 내려놓으면서 엄

마 눈치를 살폈다.

"어여, 밥부터 먹어. 아버지가 새로 해주란다."

"진짜? 알았어. 나는 영옥이 언니처럼 더럽게 안 만들고 민희도 있은께 깨끗하게 입을라네."

민혜는 세상을 다 가진 것 같았다. 헤실헤실 웃음이 나고, 깨끗하게 입겠다는 다짐도 나왔다. 곧장 엄마를 따라 대인시장에 있는 무궁화 양장점에 갔다.

엄마의 먼 친척이 하는 무궁화 양장점은 시내 부잣집 사모님들만 오는 곳이라고 들었다. 엄마는 평생 가야 거기서 옷 한 벌 못 맞출 거라 했는데, 이런 유명한 집에서 교복을 맞춰준다니 꿈만 같았다. 가까운데 친척까지 놔두고 헌 옷을 입으라고 했는지 엄마가 살짝 원망스러웠다. 애들이 충장로니 금남로니 소곤거렸지만 무궁화 양장점도 끝내주는 곳이다. 공부 잘하고, 교복도 일류 양장점 것이면 다들 부러워하겠지. 확실히 고집 부린 보람이 있었다.

친척이고 아무리 기술이 좋다지만 아줌마도 하루만에는 완성할 수 없다며 월요일에 옷을 찾으러 오라고 했다.

"무진주 전통의 옛터 빛나는 배움의 터전 여기는 학문의 전당."

양장점을 나오며 민혜는 음악 시간에 처음으로 배웠던 교가를 흥얼거렸다. 중간고사 때 부를 지정곡이었는데 가사도 외웠고 박자도 알겠는데 음정 잡기가 어려웠다. 그런데 혼자 저절로 됐다.

"노래가 다 나오냐?"

슬리퍼를 끌며 앞서던 엄마가 웃으며 돌아봤다. 빙그레 민혜도 웃었다. 지난주 음악 시간에 새로 배운 노래도 있었는데 왜 그 순간 한참 전 3월에 배운 교가가 나왔는지 신기했다.

월요일, 민혜 발걸음은 구름 위를 걷는 것처럼 가벼웠다. 이번 주는 교복을 입어도 되고 안 입어도 되는 예비 기간이다. 적응 시간을 주는 예비 기간이 지나면 다음 주부터는 교복만 입어야 한다. 민혜는 내일이면 무궁화 양장점에서 맞춘 교복을 입고 갈 생각에 들떴다. 지금까지는 어정쩡한 위치였는데, 교복을 입으면 진짜 중학생이 되는 것 같았다. 구름이 떠있는 하늘도, 길가에 줄줄이 핀 개망초도 새롭게 보였다.

교실에서는 벌써 교복을 입고 온 몇몇 아이들이 수다를 떨었다.

"바로 하복 입으니까 이상해, 우리도 춘추복 있으면 좋겠다."

"난 둥근 칼라에 리본 묶는 살레지오 교복이 이쁘더라, 의령이 넌?"

"난 팔이 호리병처럼 둥글고 펑퍼짐하게 내려오는 블라우스가 예쁘던디, 빨리 고등학생 되면 좋겠다. 이쁘고 우아한 거 입게."

"근데 시내에서 고등학생들도 데모했대."

"우리 언니도 했대. 광주 대학생들 다 잡아간다는 소문도 있대."

"야, 왜? 우린 괜찮겠지?"

멋진 교복을 떠올리며 까르르대던 아이들은 대학생뿐만 아니라 고등학생까지 데모를 한다면서 심각했다. 그 까닭을 알아보느라 소곤거리기도 했다. 민혜는 그 틈에도 자리를 뜨지 않았다. 목, 금, 토요일까지 삼 일 동안 중간고사였다. 수요일이 석가탄신일이라 하루 쉬는 날 총정리를 할 계획이지만 마음이 바빴다. 엄마와 한 약속이 아니라도 민혜는 꼭 뭔가를 보여주고 싶었다.

"김민혜, 공부 좀 그만해라."

호리병 교복이 예쁘다고 한 바퀴 빙 돌면서 애들을 웃긴 의령이였다.

"아직 한 과목도 안 끝냈다니까……."

흘러내린 머리를 귀 뒤로 넘기며 민혜는 엄살을 떨었다. 한가하게 있을 틈이 없는데 의령이가 눈을 찡긋했다.

"이따 튀김 먹고 가자."

방과 후에 여럿이 어울려 튀김집에 가는 것도 중학생이 되고 달라진 것이었다. 용돈을 모아 식빵, 고구마, 고추, 오징어 튀김을 종류별로 그득하게 쌓아놓고 먹었다. 잠깐 수다를 떨다 헤어졌는데 민혜도 몇 번 같이 어울렸던 뒤라 고개를 끄덕였다. 시험 공부가 급하기는 했지만 마땅한 핑곗거리가 떠오르지 않았다.

"툭 툭, 아 아."

둘째 시간이 채 끝나기도 전 마이크 두드리는 소리와 함께 방송이 나왔다. 전교생은 담임선생님 종례 후 하교 지도를 받으라는 내용이었다.

"와아!"

아이들이 일제히 함성을 질렀다. 풀썩, 학교 전체가 들썩였다. 그 사이 궁금증을 참지 못하는 아이들은 추측도 하고, 일찍 끝난다고 수선도 피웠다. 소란스러워진 틈에 담임이 들어왔다. 담임은 어수선한 교실을 둘러보며 좋은 일은 아니라며 빨리 책가방을 싸라고 했다. 안개가 퍼지듯 교실은 차갑고 무거워졌다. 선생님은 모두 따라 나오라고 했다. 선생님을 따라 복도로 나서니 학교 전체가 침묵의 늪 속에 빠진 것 같았다. 정문도 아닌 주택들이 있는 쪽문으로 안내를 한 선생님은 불안한 눈으로 주위를 둘러보며 곧장 집으로 가라고 당부했다. 하교 지도. 한 번도 없었던 일이었다. 무슨 일로 이러지, 데모 했다더니 그것 때문인가 궁금했지만 알 길이 없었다. 빨리 집으로 가서 시험 공부를 하고 싶었다. 친구들과 헤어진 민혜는 부지런히 걸었다.

대문을 열자 마당에 하얀색 이불 홑청이 널려있었다.

"빨래를 날마다 하네."

"요새가 풀 먹인 빨래 하기 딱 좋은 때여. 혹시 어디 나가지 마라, 영옥이 엄마가 그런디 시내가 난리래. 근디 왜 이렇게 빨리 왔다냐?"

수돗가에 있던 엄마가 손을 닦으며 마루로 왔다.

"몰라. 선생님이 정문으로 못 가게 해서 골목으로 왔는데 그냥 조용하던디. 버스 타고 다니는 애들은 길 모른다고 투덜거리던디 잘 갔는지 모르것네. 나는 걸어 다니니까 이럴 때 좋아, 철길 근처로만 오면 대강 길은 다 알거든."

"대통령 죽은 지도 여러 달 지났는디 그보다 더 큰 일이 있으까. 뉴스 봐도 특별한 말은 없길래 아랫방 훈이한테 물어볼라고 해도 안 들어온다. 대학생이라 뭘 알 것 같은디. 강진 즈그 집에 갔나?"

엄마는 홑청을 뒤집어 탈탈 턴 뒤 다시 널었다. 치마가 왼쪽

종아리에 감겨 있어 민혜가 다가가 빼주었다.

"그래도 말은 하고 가겠지."

"바쁜 일 있음 그냥 갈 수는 있것지만 그런다고 전화 한 통도 없으까…?"

엄마 눈길을 따라 민혜도 안방과 아랫방을 번갈아 쳐다봤다. 채워진 자물쇠에 햇살이 반짝였다. 민혜가 걸어 놓은 수건도 마루에 그대로였다.

"그럼 내 교복은?"

민혜는 방에 가방을 놓고 나와 물었다.

"빨래 다 해 놓고, 해 끝에 영옥이 엄마랑 시장에 갔다가 찾아오면 돼."

엄마는 빨랫줄에 널어놓은 홑청을 손끝으로 살살 두들겼다. 바람에 빨랫줄이 작은 물결이 되었다. 대문 앞에 있는 장미 이파리도 산들거렸다. 빨간 꽃 몇 송이는 앞집 담벼락에 붙어 엄마와 민혜를 내려다보고 있었다.

"엄마, 그냥 내가 갔다 오께."

마음이 급해진 민혜는 그냥 기다릴 수 없었다. 빨리 교복을 찾아다 놓고 차분히 시험 공부 하고 싶었다. 대문을 열었다.

"언니도 왔는가, 우리도 빨리 집으로 가라고 해서 왔는디, 근디 어디 간가?"

민희가 민수 손을 잡고 들어오고 있었다. 항상 동생이랑 같이 다니라고 당부한 엄마 말을 잘 듣는 모양이었다.

"교복 찾으러."

"내일 학교 간가? 우리는 오지 말라고 했는디. 민수야 그러지?"

"알았어, 얼른 들어가."

"아이!"

대문 안으로 들어가는 민희와 민수를 보고 돌아서는 민혜를 엄마가 불렀다. 민혜는 골목을 빠져나가 큰길이 내다보이는 전봇대까지 한달음에 달렸다.

도로에 프린트 된 종이들이 날리고 신문 쪼가리도 흩어져 있었다. 듬성듬성 문을 닫은 가게도 있었지만 민혜는 신경 쓰지 않았다. 학교에서 전교 삼십 등까지는 금배지를 준다. 교복 왼쪽 주머니에 학교와 학년 배지를 달고 그 옆에 금배지를 나란히 달면 진짜 근사할 것 같다. 다음 시험에서 성적이 떨어지면 금배지를 반납해야 하지만, 세 번 연속 받으면 완전히 자기 것이 된다고 했다. 새 학기라 아직 시험을 보기 전인데도 금배지 달고 다니는 선배들이 있었다. 민혜는 그 언니들을 다시 쳐다봤다. 빛이 나는 것 같아 부러웠다. 민혜도 금배지를 완전히 자

기 것으로 만들고 싶었다. 점수대로 하는 중학교는 진짜 공평
하니까 열심히 하면 될 거다. 누구에게도 지지 않을 자신이 있
었다. 무궁화 양장점에서 맞춘 새하얀 교복에 금배지, 동생들
도 자랑스러워하겠지. 상상만 해도 즐거웠다. 공부가 잘 될 것
같았다.

한 무리의 사람들이 소리를 지르며 민혜 옆을 뛰어갔다. 갑
자기 고춧가루를 뿌려 놓은 것처럼 사방이 매캐해졌다. 민혜는
기침을 하며 무궁화 양장점 문을 열었다. 목구멍에 인사 소리
가 걸렸다.

"안녕하세요?"

"어머, 왔니?"

눈이 왕방울보다 커지면서 아줌마가 놀랐다. 아직 교복이 덜
됐나, 민혜 가슴이 철렁했다. 머리에서 흘러내린 핀을 다시 찔
렀다. 아줌마가 손가락에서 골무를 빼더니 재봉틀 옆에서 황토
색 종이 가방을 꺼내 주었다. 민혜는 머리핀을 확인하고 얼른
두 손으로 건네받았다. 분홍색 무궁화 한 송이 옆에 무궁화 양
장점이라고 적혀있었다.

"오는데 별일 없었지? 안 무서웠어?"

"아뇨."

민혜는 목구멍이 간질거려서 짧게 대답하고 돌아섰다. 허리

를 숙여 인사하는데 아줌마가 당부를 했다.

"아주 난리가 없다, 학생들이 무슨 잘못이 있다고 때리고 잡아간다니. 너도 빨리 집으로 가라, 절대 다른 데 가면 안 된다."

다른 데? 갈 데도 없지만 갈 생각도 없었다. 나를 날라리로 아나, 민혜는 고개를 갸웃거렸다.

가방을 들고 계림 파출소 쪽으로 몇 걸음 걸었는데 아까보다 공기가 맵고 뜨거워졌다. 민방공 훈련 날 비닐을 쓰고 있을 때처럼 후텁지근한 열기가 번졌다. 화생방 훈련하면 숨을 쉴 수 있을까 애들하고 농담을 했는데 꼭 그런 기분이었다. 코가 맵고 연거푸 재채기가 나왔다. 콧물도 마구 흘렀다. 민혜는 허리를 숙이고 왼손으로 가슴을 누르면서 길을 건넜다. 숨 쉬기가 답답해 가슴을 두드리는데 입이 저절로 벌어졌다. 침이 줄줄 흘러나왔다. 집에서 잠깐 스치듯 맡았던 냄새와는 비교도 안 되게 매웠다. 오른손으로 침과 눈물을 닦았다.

전00 물러가라 훌라훌라.
전00 물러가라 훌라훌라.

사람들이 노래를 부르며 뛰어왔다. 정확하진 않지만 사람 이름 같은 걸 말한 뒤 물러나라고 했다. 애들이 이야기할 때 좀 들어 놓을 걸.

민혜 옆에서 기침을 하며 머물러 있던 사람들이 갑자기 함성을 지르며 달리기 시작했다. 사정을 모르는 민혜가 뒤를 돌아보는데 파란색 군복을 입은 군인들이 몽둥이를 들고 뛰어왔다. 눈은 맵고 침은 흐르는데 순간 어떻게 할지 몰랐다. 골목 안쪽에서 누군가 민혜 손을 낚아채며 달렸다. 민혜는 무조건 뛰었다. 앞뒤 살펴볼 틈이 없었다. 뒤에서 쫓아오던 군인이 앞에서 툭 튀어나올 것 같았다.

"혼자 다니다 큰일 난다, 얼른 집으로 가!"

위생 약국이 보이는 골목 끝에서 멈췄다. 민혜를 잡았던 손이 얼굴에 가린 손수건을 풀었다. 민혜는 숨을 몰아쉬며 얼굴과 이마를 닦는 손수건을 쳐다보았다. 친구들이 했던 말이 떠올랐다. 흘러내려 머리끝에서 달랑거리는 핀을 다시 찌를 사이도 없이 귀 뒤로 넘기며 물었다.

"진짜 군인이, 대학생들 잡아갈라고, 군인이 왔어요?"

"군인들이 또 정권을 잡고 독재를 할라고 그래. 대학생들은 민주주의를 지키려고 하는데…"

"그러면 안 되잖아, 나라 지키는 군인이…."

"그러니 시민들이 화가 난 거야."

"오빠도 대학생이에요?"

아랫방 훈이 생각이 난 민혜는 기침을 참고 가슴을 문지르며 또 물었다. 손수건 오빠는 머리를 쓸어 넘기며 고개를 끄덕였다.

"우린 도청으로 갈 거야, 꼬맹이 넌 절대 돌아다니지 말고 곧장 집으로 가라."

꽉 쥔 손수건을 흔들며 골목을 나간 대학생은 오른쪽 길로 달렸다. 도청 쪽이었다. 숨을 고른 뒤 민혜는 돌아섰다. 그 순간 손수건 오빠가 아니었으면 어떻게 됐을까. 그럼 대학생인 훈이 오빠도 도청으로 갔을까, 군인들한테 쫓기지는 않을까. 뒤늦게 다리가 후들거렸다. 와락, 무섬증이 들고 떨렸다.

겨우 집으로 들어온 민혜는 수돗물을 틀고 세수부터 했다. 얼굴이 따갑고 화끈거렸다. 눈도 뜰 수 없을 만큼 매웠다.

"어이구 죽것네!"

콧물과 눈물이 멈추지 않았다. 수돗가를 떠날 수 없었다.

"오늘은 온 집안에 고춧가루를 뿌려놓은 것보다 더 맵다. 날마다 더 심해진다. 어여 들어가자."

엄마도 눈물을 닦고 수건을 건네줬다.

"엄마, 우리가 학교 안 가도 수돗물이랑 전깃불은 들어 와? 사람들이 막 도망 다니든디, 우리 집에는 아무도 안 숨었어? 언니, 괜찮아?"

민희가 다가와 민혜 등을 두들겨 주며 앞뒤 없이 쫑알거렸다.

"난리가 났다등만 참말인갑다. 아그들이 요런 걱정을 하고, 눈도 못 뜨게 사방이 맵고, 아이고 먼 일일까!"

"갈 때는 괜찮었어, 올 때 갑자기 그랬제…."

숨 쉬는 게 조금 편해진 민혜가 고개를 드는데 입에서는 계속 침이 흘러나왔다. 다시 수도꼭지를 틀어 놓은 채로 이쪽저쪽 얼굴에 물을 맞았다.

"언니, 교복은?"

민희가 얼굴을 들이밀며 물었다. 민혜는 정신이 번쩍 들었다. 얼른 마루 위를 보았다. 분홍색 걸레 바구니만 있었다. 대문 앞으로 가 봤다. 찌그러진 쓰레기통뿐이었다. 대문을 열고 내다보는데 퍼뜩 떠오르는 건, 아까 계림 극장 옆 골목이었다. 기침하면서 가슴을 두들기다 놔둔 게 틀림없다. 그러곤 막 도망 왔으니. 민혜는 물 묻은 손으로 머리를 쓸어 넘겼다. 얼굴에서도 물이 뚝뚝 떨어졌다. 거기 있을까, 있겠지. 심장이 제멋대로 뛰었다.

"너무 매워서 계림 극장 옆 골목에 서 있었는디, 금성 양복점하고 서광 이발관 사이……."

금방 뛰어왔던 길이니 거기 있을 것이다. 민혜는 정신없이 달려 나갔다.

위생 약국 앞은 평소와 달리 아무도 없었다. 사람들은 벌써 다 도청으로 갔나. 조금 전 왔던 골목을 따라 계림 극장까지 달렸다.

큼직한 글자가 새겨진 전단지들이 발자국이 찍힌 채 짓이겨져 있었다. 떨어진 나뭇잎들 위로 슬리퍼와 운동화, 비닐봉지들까지 나뒹굴었다. 큰 도로 쪽으로 갈수록 어수선했다. 조금 전 마구 내달렸던 길이 오랜 시간이 지난 것처럼 아득했다. 금성 양복점과 서광 이발관 앞에도 쓰레기만 있었다. 민혜는 다시 길을 거슬러 전봇대와 가로등 옆, 그리고 남의 집 대문 앞도 찬찬히 봤다. 종이 가방은 없었다. 분명히 파출소 앞 큰길 건널 때까지 들고 있었는데….

척 척 척 시멘트에 철을 두드리는 소리.

후다닥 탁탁, 쾅 쾅. 문이 급하게 닫히는 소리.

드르륵. 가게 문을 거칠게 열고 들어갔다 인상을 쓰며 나오는 군인.

쫓고 쫓기고, 숨고 도망가고.

갑자기 달라져버린 세상이었다. 민혜는 겁이 났다.

다시 골목으로 들어와 큰길을 기웃거렸다. 무서웠다. 민혜는 덜덜 떨었다. 그냥 집으로 갈까 갈팡질팡이었다.

잘못한 게 없으니 괜찮겠지, 곧장 뛰어 무궁화 양장점에만 가면 된다. 거기서부터 다시 확인 하자.

민혜는 침을 꿀꺽 삼키며 마음을 다잡았다. 계림 극장 앞에서 길을 건너려고 했다. 눈이 번쩍 뜨였다. 사람들의 발길에 채여 휩쓸려갔는지 도로 한가운데, 분명 교복이 들었던 종이 가방 같은 게 보였다. 번개처럼 달려 나가 민혜는 가방을 집어 들었다.

바로 그때였다.

퍽 퍽.

둔탁한 소리와 함께 가녀린 비명이 들렸다.

도레미 악기사 맞은편 골목에서 하얀 꽃송이가 튀어나오며 푹 꺾였다. 그 위에 계속 되는 발길질에 몽둥이질!

무릎을 꿇고 머리 위로 두 손을 모아 살려달라고 살려달라고 애원하는 하얀 꽃.

호리병을 절반 갈라 팔에 달아 놓은 것처럼 예쁜 교복이었다.

우아하고 예쁘다며 의령이가 빨리 입어보고 싶다고 기대하던 그 춘추복이었다.

엄마가 풀 먹여 널어놓은 홑청처럼 눈부시게 새하얀, 잠자리 날개같이 남실거리는 교복에 피가 흘러내렸다.

꼭 민혜 교복이 짓밟히고 찢기고 피로 물드는 것 같았다.

민혜는 붉은 피 번지는 꽃송이 곁으로 걸음을 옮겼다. 떨리는

손으로 교복을 꺼냈다. 종이 가방은 대책 없이 찢어졌다. 하얀
꽃 옆에 꿇어앉았다.

새로 맞춘 교복으로 꽃송이의 등을 타고 번지는 피를 막았다.

새하얀 교복이 붉게 물들었다.

민혜는 등 뒤로 날아오는 몽둥이도 발길질도 무섭지 않았다.

중간고사도 금배지도 머릿속에서 이미 사라졌다.

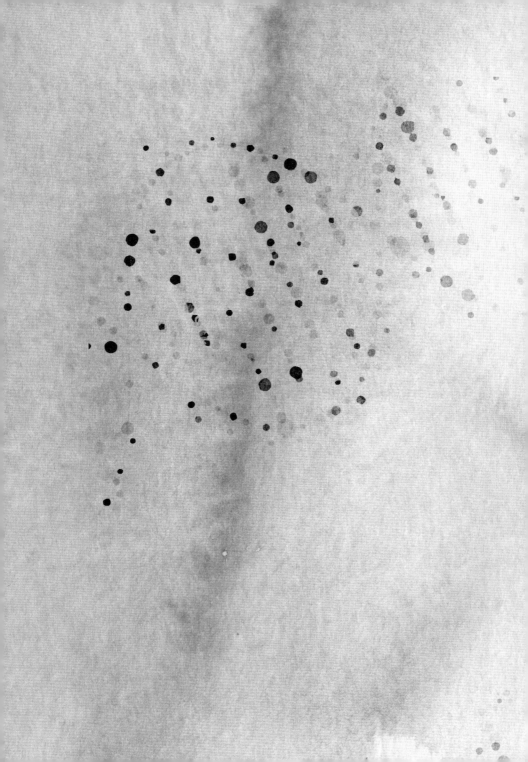

일 달러, 움켜쥔 희망

"……환벽당에서 낮잠을 자던 사촌 김윤제는 꿈을 뀄어. 여기서 사촌은 촌수를 나타내는 게 아니라 김윤제의 호니까 짧게 발음해야 해. 어쨌든, 용 한 마리가 냇가에서 놀고 있는 거야. 벌떡 일어난 김윤제가 급히 냇가로 가봤더니 웬 사내가 탁족을 하고 있네. 그래서 그이를 데려다 공부를 시키고 결혼까지 주선했는데 그가 누구냐, 여기 나온 정철이지. 가사 문학의 거장인 송강. 참 참…… 이왕 꿈 이야기가 나왔으니 말인데 홍길동 아버지도 낮잠을 자다가 용 꿈을 뀄어. 기막히게 좋은 꿈이라 그냥 넘어갈 수가 없는 거야. 급한 마음에 부인 손을 잡았다가 퇴짜를 맞고……."

순전히 꿈 때문에 방 안으로 하녀를 끌어들인다는 길동이 아버지의 이야기.

"에이, 샘. 야해요."

"진짜예요? 그래서요?"

믿지 못하겠다는 듯 애들은 책상을 두드리면서도 그 다음을 재촉한다. 무서운 공포 영화를 볼 때 얼굴을 가리고 손가락 사이로 화면을 훔쳐볼 때처럼 말이다.

"꿈도, 용 꿈 정도는 꿔 줘야 역사적인 일도 일어나고 그러는 거야……."

애들의 격한 반응에 국어 선생님은 더욱 신이 난 모양이다. 은근한 목소리로 눈웃음까지 친다. 삼국시대와 고려를 지나 분명 조선시대 후기의 문학에 대해 설명하고 있었는데, 웬 꿈 이야기? 아니, 용 이야기였나.

그래, 좋지. 용!

아빠가 다녔던 회사 이름에도 용이 들어 있었다. 이름만큼 크고 좋은 회사에 다니고 있다 믿었지만, 경찰서까지 다녀왔고, 얼굴 못 본 지는 석 달이 넘었다. 크고 좋다는 용 덕분에 이사를 했고, 나는 전학까지 했다.

우연인지, 운명의 장난인지 내가 전학 간 학교 이름은 용화

여중. 교훈은 용이 되는 꿈을 꾸어라. 아빠 회사처럼 세상에서 가장 큰 뜻을 가진, 가장 좋은 이름의 학교 같다. 아이들과 선생님에 대해선 잘 모르겠지만 확실한 건 지난번 학교보다 국어 선생님은 더 재밌다는 거다. 일단 이야기를 많이 해주니 지루함은 덜하지만 그렇다고 머릿속에 들어와 쏙쏙 박히는 건 아니다.

수업 진도가 나가는지 잠잠해졌다. 나는 왼손으로 턱을 괴고 공책에 용을 그린다. 여의주를 물고 승천하는 용. 아빠의 꿈은 하늘을 나는 용과는 아무 상관이 없었는지 모른다. 꼬박꼬박 월급 타서 집 장만하고 한 달에 한 번이라도 맛있는 거 먹으면 된다고 했다. 건강하기만 하면 더 바랄 게 없다고 했는데. 꿈이라기엔 너무 소박한 그 마저도 물 건너 간 건가.

나는 용 위에 검정색 볼펜으로 가새표를 그렸다. 종이에 실금이 생겨 갈라질 때까지. 직장 폐쇄에 반대해 데모를 했던 아빠는 경찰서까지 갔다 왔다. 단순 가담자로 밝혀져 딱 한 달 만에 들어와서 아빠가 던진 첫마디.

"되도록 멀리 이사 가자. 회사와는 상관없는 곳으로."

해외로 공장 설비를 이전하면서 대량 해고는 예고된 거나 다름없었단다. 대책도 세우지 못한 채 생각보다 빨리 공장 이전은 진행되었고, 수출 물량 감소를 핑계로 해고가 통지되었다.

아빠를 비롯한 회사 사람들은 부당 해고라며 항의했고, 회사는 직장 폐쇄로 맞섰다. 사람들은 급기야 공장을 점거하는 농성을 벌였고.

정말 많은 사람들의 희생 끝에 사회적 관심이 집중되었다. 마지못해 회사는 이 년 안에 다시 자리를 마련해준다는 의사를 밝혔다. 그렇게 모든 게 정리된 것 같았지만 아빠는 사람들이 흩어지면 안 된다고 했다. 회사가 약속을 지킬 수 있도록 늘 모여 있어야 한댔다.

그간의 사정을 잘 아는 엄마는 도리어 불안해했다.

"우리만 빠져 나가도 괜찮겠어?"

"어쩌면 거스를 수 없는 싸움인지도 몰라. 더 상처 입기 전에 가야지. 재희도 생각해야 하고……."

아빠가 내 핑계를 댔다.

"그래 잘 생각했어. 여기 일은 싹 잊어버리고 다시 시작하자, 우리."

엄마는 새 불씨를 찾은 듯 홀가분한 태도였다. 동작도 빠르게 엄마는 개발이 진행 중인 신도시에 작은 방이 달려있는 가게를 얻었다. 어설픈 직장보단 어쩜 장사가 더 나을지 모른다고 했다. 입주가 완료되면 지하철도 들어오고, 분명 장사도 잘 될 거라 기대했다. 아빠도 회사 일은 깡그리 잊고 새 일자리를 찾나 싶었지만……. 아니었다.

아빠는 회사 정문 앞으로 간다고 했다. 우리를 안 보이는 곳에 데려다 놓고 싶었다고, 그래야 차라리 더 마음이 놓일 것 같았다고 고백했다. 아빠는 단순 가담자에서 이미 적극 가담자로 변신해 있었다.

"당신도 다른 데 취직하면 되잖아. 믿을 수 없는 약속이라면서, 왜 목을 매?"

엄마는 이사 전보다 더욱 완강해졌다.

"봤잖아, 우리는 언제든 잘릴 수 있는 파리 목숨인 거. 자본의 필요에 의해서 좌지우지되는 단순한 부품 같은 인생은 아니라는 걸 보여 줘야지. 공사판을 전전하던 내 아버지가 사고로 돌아가셨는데도 보상 한 푼 못 받은 건 우리에게 힘이 없었기 때문이야. 나는 이제야 그런 사실을 알았어. 저들이 약속을 지키도록 계속 압박해야 해."

"그러다 영영 그 약속마저 물거품 되면 어쩌려고?"

"정 안 되면, 시골에 가서 땅이라도 파면 돼."

"땅은 아무나 파?"

엄마가 소리쳤지만 아빠는 흔들리지 않았다.

"우린 장사할 밑천이라도 있잖아, 식구도 더 적고. 좀만 더 참자 응?"

아빠가 능청스럽게 말꼬리를 내렸다. 어깨를 부딪치며 눈을 맞추려하자 팔을 내젓던 엄마도 눈을 흘겼다. 아빠 뜻을 꺾지 못했다.

"어휴, 진짜!"

때로 부드러움이 강한 것을 이긴다는 말이 맞았다.

물론 어른들은 내 의견 따위 묻지 않았다. 다만 아빠가 나에게 함께 있지 못해서 미안하다고 했다. 또 약속을 꼭 지킬테니 기다려 달라고 했다. 난 고개만 끄덕였다. 믿는다는 뜻보다는 아무 말도 할 수 없었다. 난 이미 무작정 떼쓰고 매달리는 철부지가 아니었다.

"야, 만화반이라는 애가 뭐냐, 그게?"

턱을 받친 손이 미끄러진다. 데구르르 구르는 펜을 붙잡는다. 고개를 들어보니 내 옆에 전혀 곱지 않은, 이름하고 정반대인 고은이가 있었다. 고은이는 내 공책을 들여다보느라 허리를 굽혔다.

나는 다시 턱을 괴며 묻는다.

"왜?"

"체험 학습 안 갈 거니?"

손으로는 내 공책을 넘기면서 눈으로는 그림을 보고 입은 나를 향해 묻는 고은이. 참 여러 가지 한다.

"아니?"

오른손으로 고은이가 넘기고 있는 공책을 잡아챈다.

"체험 학습비 안 냈대. 금요일에 가는데 아직도 안 내면 어떡하냐? 확인해 봐."

내가 재수 없어 하는 걸 알았는지 고은이는 사무적이다. 반장 역할을 충실하게 하겠다는 태도다. 굳이 충고까지 덧붙일 필요 없을 텐데.

"언제 걸었니? 통장에서 나가는 거 아니었어?"

중학교 마칠 때까지 필요한 정도의 돈은 내 통장에 있는 것으로 알고 있다. 그 정도면 될 거라고 엄마가 확인시켜 줘 아예 잊고 있었는데. 며칠 전 체험 학습 장소와 날짜, 경비 내역이 적힌 안내문을 엄마한테 보여줬다. 처음이라 그런지 장사가 안 된다는 엄마 말은 들었지만, 많이 심각한가?

"돈이 없으니까 그랬겠지. 있는 데도 안 빠졌겠냐? 대한민국 전산을 뭘로 보고."

느닷없이 뭔 나라? 나라와 민족 앞세우는 사람치고 진짜 믿을 사람 없다고 했다. 그런 사람일수록 강한 자에게 약하고 약한 자에게 강하다고 아빠는 강조했다. 어쩜 회사의 해고자 문제에 세상이 조금만 빨리 관심을 보여 줬어도 이 믿음은 폐기

처분 됐을 지도 모른다. 나 역시 세상을 삐딱하게 보진 않았을 거다. 아빠의 말에 동조하듯 나는 공책을 책상에 거칠게 내려놓는다. 누구에겐지 모르지만 열이 확 뻗쳤다. 반장은 다른 분단으로 건너갔다. 나 말고도 또 다른 미납자를 찾는 건지 두리번거렸다.

방과 후 수업이 있는 날이지만 곧장 교문을 빠져 나왔다. 내가 만화반에 들어간 건 순전히 수업료 때문이었다. 전학 오기 전 학교에도 방과 후 수업은 있었지만 영어, 수학 같은 교과목 중심이었고 모두 유료였다. 공부엔 별로 취미도 없는 데다 돈까지 내는 방과 후 수업보단 학교를 빨리 벗어나고 싶어서 신청하지 않았다. 용화 여중은 큰 꿈을 키우는 데 도움이 되라는 뜻인 건지 아님 큰 뜻을 학교가 품어주는 뜻인지 교과목보다는 특기 적성 수업이 많다. 게다가 무료다. 물론 의무적으로 참여해야 하지만.

만화 그리기는 생각보다 재미있었다. 움직임을 나타내는 모습, 옷의 주름까지도 세밀하게 표현하는 방법을 배웠다. 그림을 그리면 시간이 금방 갔다. 적어도 그 시간 동안은 잡념이 없었다. 정규 수업 때와는 달랐다. 결석을 하자니 찔리긴 했다. 사유서를 제출하더라도 어쩔 수 없다. 먼저 확인해보고 싶은 게 있었다. 뛰는 걸음으로 집까지 왔다.

셔터가 내려진 가게를 보는 순간, 가슴이 서늘해졌다. 급히 뛰어 들어와 엄마를 찾았다. 지금쯤 어묵도 끓이고 만두도 튀겨야할 텐데, 텅 비어 있다. 가게 안에 온기라고는 찾을 수 없다. 불길했다. 엄마에게 전화를 걸었다. 신호음만 가고 받지 않는다. '전화를 받을 수 없어 음성 사서함으로 연결합니다' 라는 기계음이 끊기고 뚜우 소리가 날 때까지 전화기를 들고 있었다. 정신을 수습하고 전화기 폴더를 접는데 손이 떨렸다. 심장은 더 떨렸다. 혹시 나 모르는 일이 또 생긴 건 아닐까. 와락, 무서웠다.

방 안을 둘러본 나는 서랍을 뒤졌다. 손가락 끝에 힘을 주고 스쿨 뱅킹 통장을 찾았다. 엄마는 내가 초등학교 들어간 뒤 통장 하나를 줬다. 나 태어났을 때 받은 축하금, 돌 때 받았던 격려금들을 모아 둔 것이랬다. 나는 그 통장에 세뱃돈이랑 용돈 받은 것을 차곡차곡 모으고 관리했다. 용화 여중의 주거래 은행은 내가 가지고 있는 통장의 은행과 같았다. 나는 어릴 때부터 썼던 통장을 학교 계좌와 연결시켰다. 엄마는 비싼 과외를 시켜줄 수 없어도 당분간 내 학비는 될 거라고 했다. 통장이라도 있으니 다행이라면서 든든해했다. 당연히 체험 학습비도 여기서 나가야 맞다. 그 사이 따로 통장 내역을 확인해 보지도 않았다.

재빨리 통장을 열어보았다. 한동안 잠을 잔 것처럼 숫자는 일정하다. 돈을 더 넣었거나 뺀 흔적이 없다. 나는 통장을 주머니에 넣고 2차선 도로의 횡단보도를 두 번 건너고 4차선을 한 번 건너 은행에 도착했다. 문이 닫혔다. 방과 후 수업까지 빼고 뛰어왔는데 허탈했다. 셔터 내려진 창문에 영업시간 '월~금 open 9:00 close 16:00'이 보였다. 은행에 처음 온 것도 아니지만 새삼스러웠다. 학기 중엔 은행 창구를 이용하긴 힘들겠구나 생각했는데 깜박 해버렸다. 그건 새벽에 나갔다 해가 진 뒤에 들어오는 아빠도 마찬가지였다. 닫힌 은행 문이 완강히 우리를 거부하는 것만 같다.

옆에 붙어있는 365 열린 코너로 들어갔다. 자동 입출금 기계 앞에는 아줌마가 차례를 기다리며 서 있었다. 나는 출금만 되는 기계로 갔다. 통장 정리 버튼을 누르고 통장을 밀어 넣었다. 종이를 찢는 것처럼 처절한 소리를 내며 인쇄 되었다. 한 페이지를 넘기고 두 페이지에서 기계가 멈췄다. 통장이 툭 튀어 나왔다. 먼저 잔액을 살펴보았다. 칠천육백 원. 체험 학습비는 만천 원이니 부족해서 안 나갔겠구나. 큰 돈만 안 들어가면 당분간 학교 다닐 일은 걱정 말라더니 이렇게 쉽게 바닥을 드러내나 싶어서 허무했다. 통장을 닫으려다 '카드 출금'이라 찍힌 글씨를 봤다. 학교 이름이 줄줄이 적힌 지출 내역 중 맨 마지막에

찍혀 있다. 어제 날짜로. 돈이 한꺼번에 빠져나갔다. 그럼, 엄마가 돈을 빼 갔을까? 나한테 말도 없이?

심장이 튀어 나올 것처럼 뛰었다. 무슨 일이지? 아빠한테 또 일이 생긴 걸까. 아빠가 경찰서에 있을 때처럼 나 혼자 있어야 하나.

열린 코너를 나와 일단 집으로 향했다. 어제, 그제, 엊그제 무슨 일 있었나 생각해봤다. 특별한 일은 없었다. 엄마는 어묵국을 끓이고 만두를 튀기고 떡볶이를 팔았다. 날씨가 더 추워지면 순대도 팔까 그런 이야기도 잠깐 했다. 밤에는 아빠와도 평소처럼 통화도 했다.

고소한 튀김 냄새가 코를 찌른다. 고개를 들어보니 '푸지만분식' 집 앞이다. 시계추가 저녁 쪽으로 기운 건 확실한 듯 배가 고프다. 성장기는 돌아서면 배가 고프다고들 하던데. 불닭꼬치를 들고 돌아서는 아이, 컵볶이를 들고 가는 아이. 매대 앞에 서 있는 아이. 여기는 큰길가라서 확실히 장사도 잘 되는 모양이다. 나도 용돈을 정기적으로 받을 때가 있었다. 그때는 사실 배도 안 고팠다. 돈을 더 모으고 달러를 사고 싶어서 군것질을 안 했는데 주머니 사정과 시장기도 비례하는 것 같다. 성장기여서 그렇다고 위안을 삼더라도 지금 창자는 맹렬히 먹을 것을 요구한다. 엄마가 통장의 돈을 빼가버렸다는 불안감보다 공복감의 강도가 훨씬 강렬하다.

위를 비워 두면 뇌가 조상 탓부터 부모 탓까지 비관적인 생각들로 들어찰 것 같아 뱃속부터 채우기로 했다. 냉장고 안에는 엄마가 떼어 둔 어묵이랑 만두들이 있었다. 준비해 둔 걸 보니 장사를 안 할 생각은 아니었나보다. 그럼 대체 어딜 간 거지?

아이들이 잘 사먹는 군만두도 침을 넘어가게 하지만 기름을 두르고 팬을 가열하는 게 귀찮았다. 나는 엄마가 하던 대로 다시마와 파를 넣고 만둣국을 끓였다. 만두를 건져 먹고 국물에 식은 밥도 말아 먹었다. 떡볶이 국물에 밥을 비벼 먹는 맛도 좋지. 싸늘한 매대를 보면서 김이 오르는 어묵, 떡볶이를 상상했다. 배가 부르니 한결 여유가 생겼다. 가게 앞도 나가봤다. 길에 고추장이 빨갛게 묻은 컵이 떨어져 있었다. 누군가가 다른 데서 사 먹고 버린 것을 치운다는 게 조금 씁쓸했다. 쓰레받기에 받아서 휴지통에 넣고 문을 잠갔다. 서늘한 기운에 방으로 들어왔다. 막 전화벨이 울렸다. 반사적으로 수화기를 들었다.

엄마였다. 내 목소리를 확인도 하기 전에 아빠 회사에 일이 생겼다는 말부터 했다.

"또 뭔 일?"

"가서 이야기해 줄게. 우린 가게도 있고 걱정 없잖아."

전화기 너머에서 엄마는 눈까지 찡긋하는 것 같았다.

"걱정 없기는, 내 돈 어쨌어? 체험 학습도 못 가게 엄마가 다 빼간 거지? 말도 않고!"

나는 전화기가 엄마라도 되는 것처럼 소리를 질렀다. 수화기를 왼손으로 바꿔 들었다.

"얼마나 급했으면 많지도 않은 네 돈까지 썼겠니. 아빠 부탁이었는데 오늘 아침 또 전화 왔었어. 이젠 사람이 필요하다고. 엄만 속이 편한 줄 아니? 문단속 잘 하고 있어. 넌 다 컸으니까, 괜찮지?"

괜찮기는. 나는 전화기를 던지듯 놔버렸다. 아직도 낯선 도시에 딸을 혼자 둬야 할 만큼 다급한 일이 도대체 뭔지. 정말 되지도 않을 일에 덤벼들고 있는 건 아닌지.

이불에 머리를 파묻고 있다가 잠이 들었나 보다. 눈을 뜨니 형광등이 나를 빤히 내려다보고 있었다. 외로운 사람은 남들에게 들킬까봐 어두운 곳을 찾아든다고 했다. 그 말이 맞나보다. 환한 형광등이 싫었다. 불을 껐다. 너무 깜깜했다. 가게 밖에서도 한 줄기 빛이 들어오지 않았다. 다시 불을 켰다. 이불을 뒤집어썼다. 사방에서 웅웅거리는 소리가 들리는 것도 같았다.

회사 앞에서 머리띠를 두른 아빠가 소리를 지른다. 방패를 든 경찰들이 달려든다. 엄마는 경찰들을 붙들고 늘어진다. 사방에서 고함 소리가 들리고 주변에 연기가 차오른다. 눈이 맵고 가슴이 답답하다.

번쩍 눈을 떴다. 꿈인지 현실인지 모를 환영에 시달렸다.

텔레비전에서만 봤던 장면이었다. 데모를 왜 해? 나는 뉴스를 보고 있는 아빠 옆에서 입을 삐죽이곤 했는데, 내가 사는 동네에서 뉴스 같은 일이 일어났다. 아빠를 비롯한 많은 사람들이 경찰서까지 갔다 왔다. 다쳐서 입원한 사람도 많았다. 나는 밤마다 악몽에 시달렸다.

이사 오고 나선 꿈 없이 잘 잤다. 물리적 거리와 심리적 안정감이 비례한다는 말이 맞는 것 같았다. 그런데 또 그 꿈이라니!

전화기에 빨간 불이 들어오더니 벨이 울렸다. 불길한 생각에 가슴이 뛰었다. 엄마였다. 문 좀 열어달라고 했다.

다음 날 아침, 엄마는 부스스한 모습으로 밥상을 차려줬다.

간밤에 자다 깨기를 반복한 나는 몸이 붕 떠있는 것 같았다. 어묵 국을 휘저으며 툴툴거렸다.

"어차피 못 팔 거, 딸이나 먹으라는 거야?"

"이것도 못 먹는 애들이 있었어."

엄마도 국 그릇을 가지고 맞은편에 앉았다. 두 손으로 그릇을 감싸고 있었다. 나는 국물을 한 숟가락 떠먹었다. 많이 짰다. 물 컵을 들면서 엄마를 봤다.

"엄마 정신이 없구나? 너무 짜."

"너 비상금 있지? 얼마나 되지? 그것 좀 써라. 당장은 어쩔 수 없겠어."

엄마는 그릇을 내려놓고 두 손을 그러모았다.

"싫어. 어떤 돈인데?"

나는 엄마 눈을 외면했다.

"너무 가여운 애들이 있어. 이번엔 나도 두 눈 딱 감고 모른 체 하려고 했는데 생각보다 훨씬 어렵더라…. 우리는 당장 장사하면 돈 나오잖아. 응?"

"이것도 아빠가 시킨 거야? 이제 있는 돈마저 다 갖다 쓰재? 것도 남을 위해서? 딸은 헌 교복 입든지 말든지, 체험 학습비를 내든지 말든지 안중에도 없고?"

나는 들고 있던 숟가락을 던지듯 내려놓았다. 마음 속 깊이 담아 두었던 말이 터지고 말았다. 수습할 사이도 없이 밖으로 나왔다.

첫째 시간은 사회다. 유리병에 금이 가는 것처럼 짱짱한 목소리에 높낮이가 전혀 없는 톤으로 사회 선생님은 수업을 한다. 집중 안 할 수가 없는 묘한 특징이 있다. 사회 발전의 원동력을 배우는 중이다. 노사 관계의 중요성에 이어서 노동 3권……

자주 들었던 말이다. 아빠는 교과서와 현실이 다르다고 했는데 교실에 앉아서는 역시 아무런 문제가 없는 것 같다.

"결국 파업이 문제야. 과격한 근로자들 땜에……."

귀가 번쩍 열린다. 고개를 돌리니 고은이가 중얼거리고 있다. 볼펜을 돌리는 손끝에도 입가에 매달린 비아냥이 그대로 전해지는 것 같다.

진짜 곱지 않은, 안 고운 애 맞다. 아빠가 시위에 참여한 건 맞지만 일방적으로 매도당할 만큼 나쁘지 않았다. 당연한 것도 말하지 않으면 주지 않는 회사 측이 문제라고 했다. 약속이 물거품 안 되도록 지키는 게 필요하다고 했다. 아빠 말에 다 동의할 수 없지만 다른 사람이 아빠를 나쁘게 말하는 건, 불쾌하다.

지가 뭘 안다고.

원래 혼자 중얼거리는 버릇이 있는 건지 고은이는 입을 삐죽거리고 있다. 사회 선생님의 목소리가 내 귓가에서 파편처럼 튕겨 나간다.

솔직히 뭐가 맞는지 모르겠다. 한쪽에선 파업이 문제라 하고 한쪽에선 정당한 권리라고 한다. 권리를 자유롭게 말할 수 있는 나라가 진정한 민주 국가라고 배웠는데. 그럼 우리나라는 어떤가. 머릿속이 출구를 찾기 어려운 복잡한 미로 같다.

나는 비상금이 든 다이어리를 펼쳤다. 비닐 표지 안에 넣어둔 나의 추억들. 저절로 웃음이 나오는 기념품부터 아빠의 선물까지. 지나간 날이 스쳐 지나간다.

근로자의 날이었다. 회사 운동장에서 가족들이 다 같이 참여하는 체육 대회를 했다. 만국기가 휘날렸고, 거인 삐에로가 춤을 추는 아주 흥겨운 자리였다. 기념품도 푸짐했다. 엄마들은 화장지와 세제 등의 생활필수품을 좋아했고 특히 드럼 세탁기는 인기가 최고였다. 아이들에게는 크레파스와 샤프 같은 학용품을 많이 나눠 줬다. 그 중 가장 오래오래 기억에 남는 건 줄다리기에 참여하고 받은, 일 달러짜리 지폐다.

"달러를 버는 선봉장 여러분! 우리도 언젠가는 이 돈을 들고 해외여행 갈 날이 있을 겁니다!"

마이크를 잡은 아저씨가 외치자 운동장에 있던 사람들도 환호했다. 체육 대회의 절정이자 대단원이었다.

"외국 돈 첨 봐. 잘 간직해야지."

나는 달러가 참 신기했다. 집에 와서도 한참 동안 들여다보았다. 보물을 다루듯 다이어리에 꽂아놓았다.

"아빠도 이렇게 만져 보는 건 처음인데, 우리가 쓸 데나 있겠어?"

아주 잠깐 관심을 보이던 아빠는 시큰둥했다.

"이거 많이 모으면 외국 여행 갈 수 있을까?"

나는 들떠서 아빠한테 물어봤다.

"그게 한두 푼 드는 일도 아니고. 꿈 깨."

아빠는 팔베개를 하며 벌렁 드러누웠다. 나는 아빠 옆으로 바싹 붙어 앉으며 다이어리를 끌어당겼다.

"아빠, 외국에 가려면 뭐가 제일 필요한데? 달러야?"

"그러겠지. 아주 많이 있어야 되겠지?"

아빠는 전혀 관심 없다는 듯 돌아누웠다. 텔레비전 리모컨을 발끝으로 당겼다. 나는 리모컨을 건네주고 계속 물었다.

"아빠 외국에 안 가고 싶어?"

"가보고 싶지, 못 가니까 티비 틀잖아. 간접 체험하려고."

아빠는 팔을 뻗어 리모컨을 눌렀다. 툭, 전파를 먹은 텔레비전 화면이 밝아졌다. 나는 텔레비전 속으로 들어갈 것처럼 뚫어지게 보고 있는 아빠를 잡고 흔들었다.

"많이 있어야 돼? 달러?"

"그러겠지?"

"아빠, 우리 세계 일주는 못 해도 꼭 한 번은 외국 여행 가자. 언제?"

"그래, 약속해. 중국이랑 동남아시아 쪽에 공장을 더 짓는다니까 파견 근무 간다고 할까? 그래도 되겠지?"

마치 새로운 계획이라도 세우는 것처럼 아빠 대답은 달라졌다. 나는 먼 나라로 벌써 여행이라도 다녀온 것처럼 팔짝거렸다.

그 다음 날 엄마가 세계 지도를 구해 와서 벽에 붙였다. 공부에도 도움이 될 거라면서. 아빠는 시작이 반이라면서 목표의 절반은 이룬 거나 다름없다며 너스레를 떨었다. 부창부수라는 말이 떠오르는 장면이었다.

그리고 나는, 엄마 아빠에게 받은 용돈을 모으는 것으로 실천에 옮겼다. 틈만 나면 은행으로 달려갔다. 그러던 하루는 은행 문에 그려진 달러 표시가 눈길을 사로잡았다. 밑에는 환전이라고도 적혀 있었다. 은행 언니한테 궁금한 걸 물어보니 개인이 달러를 살 수도 있고, 팔 수도 있다고 했다. 천백 원을 주면 일 달러와 바꿀 수 있다고 했다. 나는 망설이다가 일단 일 달러만 바꿨다. 살짝 손해 보는 느낌도 있었지만 금방 여행을 떠나는 것처럼 설렜다. 목표에 성큼 다가간 느낌이었다고나 할까.

"어쩜 이런 생각을 다 했어?"

아빠는 내 얼굴을 부볐다. 수염이 따갑다고 느낄 새도 없었다.

"달랑 일 달러 있는 것보다 낫잖아? 그냥 모아보고 싶었어. 당장 못 가지만 기분은 한결 좋잖아, 꿈이 생기니까 즐거워."

옆에서 팔짱을 끼고 있던 엄마는 고개를 갸웃거렸다.

"그래도 손해 보는 기분 아니었어? 천 원으로 고작 일 달러라니…."

"좀 그랬지만, 더 오르면 팔 수도 있대잖아."

나는 자신 있게 대꾸하고 바꿔 온 달러를 다이어리에 넣었다. 이 달러가 되었다. 다음번에 이 달러짜리도 바꿔야지.

"그럼 우리, 오늘은 여기까지 갔다고 생각하면 어때?"

아빠는 지도를 짚었다. 아빠가 가리킨 곳은 일본의 수도였다. 웃는 아빠를 보면서 나도 따라 웃었다. 엄마는 우리 둘을 보고 웃었다. 웃음, 진짜 전염성이 있는 것이었다.

다이어리에 넣어둔 달러를 보고 있으니 아빠 웃음소리가 가까이 있는 것 같다. 엄마 아빠 결혼기념일에는 선물을 사는 대신 오 달러를 바꾸러 갔다. 꿈을 저금한다고 생각하니 되레 기뻤다. 은행 언니는 되게 친절했다. 오 달러와 십 달러짜리도 보여주면서 내가 왜 달러를 사는지 궁금해 했다. 이것저것 물어봐서 솔직히 이야기 했다. 나를 되게 재미있어 했는데.

"뭐냐? 외국 돈?"

불쑥 끼어드는 방해꾼, 정말 안 고운 애 맞다. 나는 얼른 다이어리를 덮었다.

"남의 걸 훔쳐보니?"

"훔쳐보는 게 아니라, 수업 끝나고 공책 걷으려는데 니가 정신줄을 놓고 있던데. 좀 유치하지 않니? 그걸 갖고 뭘 꿈꾸기엔?"

정말 밥맛이다. 뭘 안다고.

"여행 갔다 남은 거야 왜?"

나도 모르게 튀어나온 거짓말. 수습할 틈이 없었다.

"진짜? 야, 그럼 엣지 있게 살아라. 단추라도 바꿔 달든지."

고은이 핀잔에 내 교복을 내려다 봤다. 전학 상담할 때 용화여중에서는 선배들이 물려준 교복이 있다면서 선택하라고 했다. 나는 돈을 굳혔다고 생각하며 두말 않고 몸에 맞을 만한 걸 골랐다. 다리가 길어 보이는 학생복이라 광고하는 것 따윈 안중에도 없었다. 메이커 없는 교복이라도 단추만 옮겨달면 그럴 듯하게 보인다고 여겼는지 애들은 단추만 사다 달기도 했다. 단추만 메이커면 뭘 하랴 싶어 난 관심도 없었다. 어쩜 이 교복도 메이커가 아니라서 내 차지가 된 건지도 모른다. 좀 닳긴 했지만 몸에 꼭 맞기만 한데, 얜 별 걸 다 간섭하려든다.

다이어리를 책상 서랍에 넣었다.

"나는 그런 게 더 유치해. 함부로 말하지 마."

고은이에게 사회 공책을 넘겨줬다. 목소리만큼 깐깐한 선생님은 수시로 공책을 걷어 체크한댔다. 대신 복잡한 숙제는 내지 않는다면서 수행평가 대신이라는 것을 강조했다. 영어, 수학만으로도 벅차고 학원 때문에 시간이 없는 거 안다면서 자신은 과정 중심의 공부를 중요시 여긴다고 덧붙였다.

"근데 너, 외국 많이 갔다 왔니?"

공책을 한 아름 들고 내게 관심을 보이는 고은이. 부담스럽게 지금까지와는 전혀 다른 태도다.

"많이는 아니고, 언제든 떠날 수 있으니까 모아 놓는 거지."

어차피 크게 생각하면 인생 자체가 여행 아니겠는가? 우주의 한 자락인 지구로 잠깐 소풍 왔다 다시 하늘로 간다는 어느 시인의 시도 읽어 봤으니. 나는 생각나는 대로 뱉었다.

"제일 큰 돈은 얼마짜리야?"

고은이 반응이 더 신기했다.

"뭐, 신기한 일이라고 호들갑이야? 해외여행 천만 시대 아니니? 니가 좋아하는 이 대한민국이?"

"내가 우리나라 좋아하는 거 어떻게 알았어?"

고은이 목소리가 야들야들해지는 순간, 공책이 흐트러지며 한쪽으로 쏠려 쓰러지려 했다. 재빨리 잡아주고 고은이에게 나가라는 고갯짓을 했다.

"빨리 가지고 가. 무겁겠다."

고은이는 턱으로 공책을 누르면서 교실을 나갔다.

내가 가지고 있는 달러 중 제일 큰 것은 십 달러짜리다. 한동안 나는 핑곗거리만 있으면 달러를 바꿨다. 엄마 아빠 결혼기념일 선물로 오 달러짜리를 줬을 때 아빠는 한 번 쓱 훑어보고선 다시 나에게 맡겼다. 같이 모아 놓자면서. 그리고 내 생일날, 선언했다.

"난 다른 선물 필요 없고. 일 달러, 오 달러짜리는 있으니까 십 달러나 아님 더 큰 달러를 갖고 싶어. 근데 달러에서 제일 큰 건은 얼마짜리야?"

"몰라. 네이버에 물어 봐."

"아, 그럼 지폐에 있는 사람도 알아보면 공부도 되고 좋겠다. 또 오르면 팔 수도 있으니까 이익도 되고."

"좋알거리는 요, 작은 입. 알았어. 그렇게 도움이 많이 된다면 기다려 봐."

아빠가 회사에서 외출까지 하고 사왔다는 십 달러다. 그땐 왜 외출까지 했는지 몰랐는데 이유가 있었던 거다. 은행 문은 아빠 퇴근 시간보다 빨리 닫으니까.

최신 스마트폰으로 바꿨다며 깔깔거리는 애들을 보면 고민이라고는 없는 것 같다. 질풍노도의 시기, 인생의 설계 어쩌고 하던데 순 지어낸 말인 건지 아이들은 세상과는 전혀 관계없는 순진무구한 얼굴들을 하고 있다.

정말 달러를 바꿔야 하나. 그럼 다시 달러를 모을 수는 있을
까. 우리 가족의 꿈은 영영 물거품이 되고 마는 걸까. 숨이 막
힐 듯 답답했다. 한숨을 푹 내쉬는데 담임이 부른단다. 교무실
에 다녀오던 고은이가 일러 주었다. 덜컥, 심장이 내려앉는 것
같았다. 좋은 일이라면 절대 교무실로 부를 리 없다. 학교 생활
하면서 터득한 경험의 산물이다. 체험 학습비 때문일까. 아님
어제 방과 후 수업 빼고 일찍 간 것 때문일까? 그럼 엄마 핑계
를 댈 참이었다. 그나저나, 지금쯤 엄마는 또 아빠한테 갔을까.
천천히 밖으로 나오는데 등에 꽂히는 고은이 눈길이 느껴졌다.

"체험 학습비 등을 포함한 제반 경비를 지원 받는데 필요한
서류야. 여기 적힌 거 보고 떼 와. 소득이 없다는 증명이 필요
한 건데, 어머니께서 전화를 안 받으신다."

얼굴이 화끈거린다. 이 정도인줄은 몰랐다. 손을 내밀기 부끄
러웠다. 고개를 숙이고 있었다. 선생님이 종이를 한 번 더 내밀
었다.

"······."

"어머니는 많이 바쁘시니? 심사가 다 끝난 뒤 학기 중간에 전
학 와서 오래 걸린 거니까 잘 말씀드리고. 열공!"

담임은 등을 토닥여 주었다. 나는 누가 볼세라 조용히 종이를

받음과 동시에 돌아섰다.

"그 반은 수급자가 자꾸 늘어요. 살기 어려워져서 그런가?"

등 뒤에서 들리는 소리에 이어 담임의 대꾸도 들렸다. 뒤통수가 따갑다.

"그러게요. 생활 관리가 더 안 되는 애들인데."

아빠는 다른 직장을 구할 일이지 어쩌자고 계속 데모를 해서 나를 이 지경으로 만드는지. 자기 생각 밖에 안 할까. 엄마는 꼭 이런 걸 신청해야 했을까. 전산으로는 처리할 수 없는 거였나. 세상이 다 나를 놀리는 것처럼 빙글빙글 돌았다.

종이를 최대한 작게 접었다. 치마 허리춤에 찔러 넣었다. 사실 반장인 고은이 말고는 나한테 말 거는 애도 없지만 혹시 누가 물으면 난처할 것 같았다. 윗옷을 잡아 내리면서 교실로 들어왔다. 애들은 옹기종기 모여 핸드폰을 보고 있었다. 최신 스마트폰이 있는 애가 중심이 되어 교실은 자연스럽게 둥근 섬이 만들어지는 것 같았다. 여기저기 웅성거리는 소리를 들으면서 나는 자리에 앉았다.

"이거 봐봐. 너무 불쌍해."

전화기를 들여다보던 한 애가 우는 소리를 했다. 엄지를 움직여 화면을 조정하는 것 같더니 일시에 침묵 모드. 눈동자들이

한 곳을 향해 뚫어지게 봤다.

"무서워, 어떻게 시체 옆에서 자?"

"자세히 봐봐. 엄마가 죽은 지 모르고 이틀이나 같이 있었대
잖아."

엽기적이다. 비위가 상했다. 상상할 수 없는 일이다. 어른들
도 너무 무책임하다. 순간 나와 똑같은 생각을 한 애가 있었나
보다. 중얼거린다.

"애들 너무 했다. 아빠는 없었대?"

"아니, 봐봐. 쌍……."

용이라는 말이 끝나기도 전에 나는 가운데 애를 밀쳤다. 스마
트폰 화면을 봤다.

엄마가 쓰러져서 애들이 흔들어도 움직이지 않았다. 그 옆에
서 애들은 같이 잤단다. 이틀이나. 일 때문에 집을 나간 아빠
전화기가 하필 고장이었고. 쌍용 자동차 해고 근로자인 아빠는
일자리를 찾아 이사를 갔지만, 블랙리스트에 걸려 끝내 변변한
일을 구할 수 없었다는 사연이었다.

심장이 덜컥 내려앉는 것 같더니 몸이 부들부들 떨렸다. 꼭
내가 아는 애일 것만 같았다. 체육 대회 때 같이 줄다리기 하고
같이 간식을 나눠 먹었던 아빠 동료고, 그 가족이 분명할 텐데.
아니, 이건 내 모습일 수도 있었다. 아빠가 경찰서에 잡혀 갔을

때 엄마는 사람들과 항의하러 경찰서에 갔다. 혼자 덜덜 떨고 있었던 밤, 자원봉사 하는 언니가 안 왔다면 나는 겁에 질려 죽었을지도 모른다. 언니는 대학생들과 시민들이 너무 늦게 우리 문제를 알게 되었다며 원만하게 해결될 테니 걱정 말라고 했었는데.

"어쩜, 부모들이 무책임한 거 아니니?"

"나는 아직까지 직접 시체 본 적 없는데."

"애들은 무섭지도 않았을까?"

진저리를 친 애들은 금세 화면을 바꾸고는 수다를 떨었다. 아무것도 아닌 듯 찧고 까불었다.

"알지도 못하면서 함부로 말하지 마!"

눈물이 쏟아질 것 같았지만 난 주먹에 힘을 주고 참았다.

누가 내 어깨를 흔들었다. 돌아보니 고은이가 서 있었다. 고은이가 들고 있던 핸드폰을 빼앗았다.

"전화 한 통만 하자."

"학교에서 통화하다 걸리면 알지?"

지금까지 인터넷 한 것은 뭐라고. 빌려 주기 싫음 마 하려다, 지금 바로 이 자리에서 꼭 확인해 보고 싶었다.

신호음이 갔다. 엄마는 전화를 받지 않았다. 아빠도 마찬가지였다. 혹시 또 어디에 갇혀 있는 건 아닐까? 세상이 나만 모르게 돌아가는 것 같았다. 불안했다. 다시 엄마 번호를 눌렀다.

"빨리 줘, 수업 시작하겠다."

고은이가 손을 뻗었다. 그때 엄마 목소리가 들렸다.

"엄마, 어떻게 된 거야? 인터넷에 뜬 게 사실이야?"

이를 악물고 최대한 느리게 말했다.

"재희니? 누구 전화기야? 학교 끝났어? 엄마 오늘도 아빠한 테 와 있어. 챙겨야 할 일이 있어서."

"그럼 나는?"

"니가 밥은 챙겨 먹을 수 있잖아. 아침에 끓여 놓은 국이랑 먹고, 간식도 챙겨 먹어. 응?"

엄마 목소리를 들은 것만으로도 묘한 안도감이 들었다. 소리 를 지를 수 없었다. 더 이상 아무것도 물어볼 수도 없었다. 내 가 이렇게 침착해지다니, 참 이상한 일이었다.

하지만 오후 수업을 어떻게 했는지 모르겠다. 어른들은 다들 뭘 하는 걸까, 엄마가 돌아가신 애들은 얼마나 무서웠을까, 지금은 어 떻게 됐을까. 내 머리는 계속 아빠 회사 근처를 맴돌았다.

집에 오자마자 인터넷을 뒤졌다. 아이들 소식이 더 자세히 나 와 있었다. 시간대별로 상황을 재구성해 놓은 기사도 있었다. 애들이 발견될 당시 집안에는 먹을 게 아무 것도 없었다고, 굶 주린 애들은 힘이 없어서 엄마 옆에 누워 있었다고 했다. 회사 사람들이 십시일반 모아서 장례를 치를 예정이고, 아이들은 병원에 있다고 했다. 나는 인터넷 기사를 오래오래 들여다봤다.

다음 날 아침, 나는 은행 문이 열리기를 기다렸다.

다이어리에 들어 있는 달러를 천천히 꺼내 보았다. 인생은 다 자기만의 사연을 갖고 산다고 했는데, 맞는 말이다. 이 작은 지폐 한 장 한 장에도 사연이 있다. 열두 번째 맞는 내 생일을 화려하게 장식해 줬던 십 달러, 엄마 아빠 결혼기념일을 축복했던 오 달러. 또 필리핀까지 갔다고 치자하며 즐거워했던 이 달러짜리.

밥이 없었다는 애들을 위해 지금, 내가, 할 수 있는 일은 이거라고 결론 내렸다. 나는 아직 엄마가 사둔 어묵이랑 떡볶이, 만두도 있다. 깍두기와 단무지도 많이 있다. 엄마 가게가 있고 거기에서 일도 할 수 있다. 학교에선 무료로 만화도 배울 수 있다. 또 서류만 내면 체험 학습비를 비롯한 경비들을 말 그대로 지원 받을 수 있다. 나는 가지고 있던, 아니 꿈이라 여기며 소중히 간직했던 달러들을 바꿨다.

오천 원은 스쿨 뱅킹 통장에 넣었다. 내일 체험 학습을 가야하니까. 엄마를 기다릴 수 없었다. 엄마는 장례식이 끝난 뒤 애들 갈 곳을 정해 주고 돌아온다고 했다. 그동안 장사를 못 한 엄마마저 가진 돈이 없을 지도 모른다. 나는 망설이고 망설이다 나머지는 인터넷에서 본 계좌로 송금했다. 넉넉하게 배를 채울 돈은 아니겠지만 지금 당장 굶는 사람은 없어야 한다고 생각했다.

그래도 허전하지 않다. 내 손엔 아직 일 달러가 남아있다. 이건 우리 가족이 함께한 증거니까 추억으로 놔뒀다. 어쩜 아빠가 내 이름을 있을 재와 바랄 희, 재희로 지었던 건, 희망이 있다 아니 희망을 남겨놔야 한다는 뜻일 지도 모른다.

나는 일 달러를 꼭 쥔 채, 이미 수업이 시작된 교문을 들어서며 그렇게 위로했다.

굽은 소나무

품새를 마치고 나니 모든 숨구멍이 열린 것처럼 시원했다. 조금 더 뛸까 하다가 도장을 그냥 나왔다. 지속적으로 태권도 도장에 다니기 위해서는 끊어줄 타임을 잘 맞춰야한다. 주말에 시합도 나가야 하는데 괜히 기분 내려다 낭패를 볼 수 있다. 언제까지 도장 다닐 거냐, 아르바이트라도 해서 관비를 내라는 엄마 잔소리가 점점 매워지고 있다. 며칠 전 고등학교 원서 접수를 마쳤는데 아직도 인문계에 대한 미련이 남아 있는 건지 여전히 나를 보는 눈초리가 매섭다.

사실 엄마는 나에게 아침밥도 따로 차려 주지 않는다. 언니가 먹었던 식탁 위에 새 숟가락만 들고 앉을 때는 완전 주워온 애

취급을 받는 것 같다. 나는 눈물 젖은 빵을 먹지 않고 인생을 논하지 마라던 옛 성현들의 말씀을 떠올리며 위안을 삼곤 했다. 썰렁한 거실을 지나 현관문을 열고 나갈 때면 나도 당장 일 등하고 말 거야 라는 오기가 치솟지만 현실은 달라지지 않았다. 그나마 나의 든든한 지원자인 부친이 계셔서 버티고 있다.

아빠와 같이 집으로 들어가면 엄마 잔소리를 좀 피할 수 있다. 그렇지 않으면 우산이 없어서 비를 고스란히 맞는 것처럼 잔소리를 혼자 감당해야 한다. 횡단보도를 건넌 뒤 '목구멍에 기름칠' 고기집 아래서 고개를 쭉 내밀고 '씽씽 카센터'를 보았다. 하여튼 가게 이름은 촌스러운데 여기 거쳐 간 차가 씽씽 달렸으면 하는 아빠의 소망이 담겨 있다고 한다. 작업장이 깜깜하다. 세차하는 곳이야 일찍 문을 닫으니까 그렇다 해도 작업장은 내가 올 때까진 늘 환했는데? 셔터까지 내려지고 사무실에 불도 꺼졌다.

'벌써 퇴근했나?'

아빠가 일이 있어 먼저 나가더라도 엄마는 잉꼬부부의 표상처럼 아빠 자리를 지키는데. 암튼 모를 일이었다. 집을 향해 천천히 걸음을 옮겼다.

사실 나도 원했지만 아빠도 나 하고 싶은 대로 하라고 했다. 학교를 선택할 때는 별말 없다가 원서를 접수하고 난 뒤에 계속 되는 잔소리. 엄마는 진짜 뒤끝 작렬이다. 아마 이래서 아빠도 허허실실 전법으로 엄마에게 꽉 잡힌 듯 살고 있는지 모른다. 엄마 덕분에 이만큼이나 산다면서 "너희들도 엄마가 시키는 대로 해" 하는 아부성 발언이 입에서 떠나지 않으니. 그때마다 엄마는 입을 삐죽이면서도 싫지 않다는 표정이었다.

열쇠를 돌려 문을 열었다. 다른 집은 다 전자키를 달았는데 우리 집은 엄마의 고집으로 옛것을 고수하고 있다. 전세살이하는 헌 집에 열쇠만 바꾸면 뭐하냐면서 도둑이 들어도 어차피 가지고 갈 것도 없다는 게 엄마의 지론이다. 물건 없어지는 것보다 모르는 누군가의 침입 자체가 무섭고 찜찜할 것 같은데 엄마는 요지부동이다. 다행히 아직 동네에 도둑이 들었단 소리는 없었다.

어쩐 일로 거실에 불이 켜져 있다. 주방에 불을 켜면 거실까지 밝으니 따로 불 켤 필요가 없다는 이유로 우리 거실은 늘 어둡다. 다른 날과 분명 다른 밤이다.

"잘 하고 왔어?"

주방에서 고개를 삐죽이 내밀고 엄마가 아는 체를 한다. 어? 친절하다. 그때 방에서 밤 10시가 넘어야 오는 언니도 나왔다.

"언니, 빨리 왔네. 고딩이 어쩐 일이야?"

나는 곧장 주방으로 갔다.

"샤워 하고 와, 냄새 나."

누가 얼음 마녀에 송곳 대왕 아니라고 할까봐. 언니는 대뜸 손을 내저으며 인상부터 썼다.

"궁금해 하니까 빨리 하고 각자 할 일 하자, 그럼."

자랑스러운 검정 띠를 허리에서 푸는데 엄마가 케이크를 식탁에 올렸다.

"내 생일은 아닌데. 아빠 엄마 생일도 한참 멀었고. 언니 또 일 등 한 거야? 이번엔 전국 일 등?"

나는 슬그머니 의자 끝에 엉덩이를 걸쳤다. 오늘 시험 본다며 언니는 어젯밤을 거의 뜬눈으로 보냈다. 눈을 굴리며 언니를 쳐다봤다.

"오늘 모의고사 봤어. 재수 초 치는 소리 하지 마."

통통 튀는 탁구공은 받아 넘기는 재미라도 있지. 언니는 생 땅콩처럼 비리기만 하다. 빨리 뱉어버리지 않으면 견디지 못할 맛.

"아빠가 오늘 기분 좋으시대."

엄마가 작은 접시를 언니 앞쪽으로 밀어주며 말했다. 나와 언니는 동시에 의자에 앉는 아빠를 봤다.

"오늘 드디어 나머지 가게 잔금 다 치렀거든. 하루쯤 휴식 시간을 갖는 것도 괜찮겠지?"

"우. 카센터 완전 우리 거야, 그럼?"

'씽씽 카센터'도 전세였다. 아빠는 일할 수 있는 자리가 제일 중요하다고 했다. 집은 그 다음 문제라면서 카센터부터 살 거라고 했는데, 드디어 그 땅이 아빠 소유가 됐나보다. 그럼 이제 집만 사면 되는 건가? 우리 아빠 같은 사람을 일러 자수성가했다고 하는 건가? 케이크가 식탁에 떡 올라와 있는 걸 보니 기념할만한 날이긴 한가보다. 아빠는 보험 출동하면서 고생했던 이야기부터 아파트로 이사 올 때까지의 소회를 잠깐 밝혔다.

카센터에 컨테이너 박스를 놓고 살 때 엄마 아빠는 피눈물이 났다고 하지만 나는 별로 나쁜 기억이 없다. 위험하다고 밖으로 못 나오게 하면서 엄마가 과자를 많이 줬다. 어쩜 그때 먹은 간식들 때문에 내가 비만에 가까워졌는지도 모르겠다.

나는 분위기를 바꿀 겸 얼른 케이크를 잘라 앞접시에 나눴다.

"고생했어, 우리 신랑. 그리고 내 딸들, 고마워."

엄마와 아빠는 거품이 꺼진 맥주잔을 들고 건배했다. 언니와 나는 오렌지 주스를 들이켰다. 시원하다. 식구가 모처럼 다같이 모여 앉았다.

나는 저녁밥을 먹고 태권도를 하러 간다. 운동을 마치고 돌아오면 공복감에 고민을 하는데 때마침 일을 마친 아빠가 야식을 먹는다. 효도라 생각하면서도 마음 무겁게 손을 놀리곤 했다.

하지만 오늘만은 눈 딱 감을 일도 없고, 체중에 죄의식을 가질 필요도 없다. 고구마 케이크는 당연히 기쁘게 먹어줘야 한다. 오늘 같은 날 안 먹으면 언제 먹겠냐.

달달함을 느낄 사이도 없이 케이크는 부드럽게 목구멍을 타고 넘어갔다.

"일 끝나고 맥주 한 잔씩 할 때가 나는 참 행복해."

아빠는 언니의 눈치를 살피며 맥주병을 들었다. 집에 고3이 생기면 식구들의 발걸음부터 달라진다는데 우리 집은 예전부터 언니가 중심이었다. 언니가 고3이 되는 내년에는 숨이나 제대로 쉴 수 있을지 모르겠다.

"그럼, 더 바랄 거 없지. 당신이랑 나랑 기술 가지고 있고, 또 우리 큰딸이 공부는 좀 잘해!"

엄마도 역시 언니 눈치를 보면서 아빠한테 컵을 내밀었다. 반쯤 남아 있던 잔에 아빠는 맥주를 더 따라 주었다. 거품이 시원하게 일었다.

"난 항상 행복해. 언닌?"

달달함과 부드러움의 절정체인 케이크를 먹는 이 순간 다른 낱말이 떠오르지 않았다. 언니는 케이크를 잘게 조각 낼 뿐 입을 꾹 다물고 있다. 하여튼 썰렁하게 만드는 재주는 타고 난 것 같다.

"아빠도 지금 만학도 과정 하고 있으니까……."

아빠가 의자를 조금 뒤로 빼고 다리를 꼬았다. 맥주병을 한쪽으로 옮기며 언니를 봤다.

"만학? 그게 뭔데 아빠?"

"하여튼 무식하긴. 사전이라도 찾아 봐라. 그러니까 과학고 가지, 것도 기계과에."

언니는 나를 비아냥거렸다. 으, 공부 좀 한다고 으스대는 꼴이라니. 과학고라고 하면 사람들 눈이 번쩍 뜨인다. 내가 가려는 학교는 영재들이 간다는 그 과학고가 아니라 과학이라는 말 앞에 자연이라는 말을 붙인 자연 과학고다. 소위 말하는 실업계, 요즘은 특성화고라고도 부른다. 그 전에는 농업 계통 학교였다는데 시대에 맞지 않아 개명했단다. 나는 기계과를 선택했는데 이 학교에는 제빵과, 식품 가공과, 전자과 등 선택할 수 있는 분야도 여러 가지다. 물론 나는 소신 지원이라는 데 뿌듯한 자부심을 가지고 있다.

"옛날에 못 했던 공부, 늦었지만 하는 거야."

케이크를 잘게 조각만 내놓은 채 언니가 방으로 들어갔다. 아빠는 언니 뒤통수를 보며 대답했다. 행복한 순간도 얘기 못 하는 언니, 하긴 집에서 웃는 걸 본 적이 없다. 뭐가 저렇게 불만인 건지. 난 케이크를 오물거리며 아빠를 봤다.

"아, 그래서 밤에 외출이 잦았던 거야? 난 공부는 싫지만, 어쨌든 아빠 파이팅!"

"고마워."

언니가 일어나서 파티는 끝난 건가. 엄마가 우리에게 조용히 하라는 신호를 보내고 식탁을 치우려고 할 때였다. 엄마 전화기가 울렸다. 잽싸게 전화기를 든 엄마 입에서 사투리가 푹 튀어 나왔다.

"오매, 선생님이 으짠 일로……."

픽 웃고 나는 목욕탕으로 들어갔다. 절대 나와 관련된 일은 아닐 거라 확신하면서. 샤워하고 나오니 엄마는 언니와 얘기 중이었다. 문에 기대어 있는 엄마 겨드랑이 사이로 방 안을 들여다보니 언니는 뻣뻣한 자세로 책상 앞에 앉아 있었다. 분위기가 심상치 않아 안방으로 갔다.

"오늘 학부모 상담일인데 학교에 왜 안 왔냐고 담임 선생님이 전화하신 거래, 내년에 원서 쓸 학교도 미리 상의하려고 했다는데?"

내가 궁금해 하는 걸 바로 알아챈 아빠가 일러주었다.

"상담도 많고 엄마가 입시설명회도 다 다닐 수 없잖아, 맨날 돈 없다 바쁘다 종종걸음 치잖아, 그러니까 냅 두라고!"

그때 밖에서 언니 목소리가 나더니 쾅 문 닫히는 소리가 이어졌다. 엄마가 안방으로 들어왔다. 침대에 앉으면서 한숨을 뱉었다.

"점수도 생각보다 안 나오고 혼자 공부하느라 스트레스가 심한가봐. 따로 과외라도 시켜야 할까?"

"무조건 마리 편만 들어줄 수도 없고 그렇다고 나무랄 수도 없고, 참 어렵네."

아빠까지 심각해졌다. 엄마와 아빠를 보면서 내 앞길은 스스로 헤쳐 나가야겠다고, 절대 옆 사람까지 힘들게는 안 하겠다고 나는 굳게 굳게 다짐했다.

화창한 날은 세차 손님도 많다. 황사가 있거나 눈이 온 다음 날이면 아빠보다 엄마가 더 바쁘다. 세차장은 날씨 영향을 많이 받는 곳이다. 물론 궂은 날은 공치기 때문에 일요일이 따로 없고, 고급 차일수록 손세차를 한다는 것도 엄마가 알려준 정보다.

구름이 짙어 해가 일찍 떨어진 날이다. 당장 밤에 비라도 올 것 같은 날은 세차 손님이 없다. 어제 일도 있고 해서 살짝 걱정이 되었는데 엄마는 세차장 벽을 청소하고 있었다. 다른 날처럼 씩씩해보였다.

사무실에서 아빠는 자동차 엔진을 보고 있었다. A4용지를 들고 체크까지 하는데 진지해 보였다. 아직도 기계에 대해 모르는 게 있나? 오른손에는 볼펜과 드라이버가 같이 들려 있었다.

"엄마랑 같이 들어가서 밥 먹을래?"

"괜찮아, 아빠 하던 일 하셔."

분해되어 제각기 드러내고 있는 자동차 기관들은 언제 봐도 신기하다. 나는 건성으로 대답하며 기계를 보고 있었다. 엄마가 사무실로 들어왔다. 아빠는 무릎걸음으로 드라이버를 돌리며 엄마를 봤다.

"맨날 혼자 먹고 체육관 가는 거 안쓰러워. 나도 나가야 하니까 당신이 미리랑 같이 밥 먹고 나올래?"

"공부하러 가는 것도 아니고 혼자 먹으라고 해."

엄마가 찬물 끼얹듯 내 옆구리를 찔렀다.

화살이 나한테 날아오는 것 같아 벌떡 일어남과 동시에 끼익, 아주 신경질적으로 차 한 대가 들어왔다. 차 문이 열리는가 싶더니 대뜸 고함을 지르며 남자가 나왔다.

"대체 어떻게 고친 거야. 무식한 놈!"

"안녕하세요."

아빠는 공손하게 허리를 숙이면서 남자에게 다가갔다. 볼펜과 드라이버를 쥔 채였다.

"안녕이고 뭐고 차가 툭툭 하면서 금방 설 것 같잖아! 불안하게!"

남자 앞에 선 아빠 목소리는 작았다. 엔진 오일과 바퀴, 수평 이런 말들이 띄엄띄엄 들렸다.

"그 뒤부터 울컥거린다니까, 뭐 잘 못 넣은 거 아니오?"

남자는 계속 악을 써댔다. 아빠는 사무실로 들어와 컴퓨터에 있는 작업 일지를 봤다.

엄마가 나에게 먼저 가라는 시늉을 했다. 사무실을 나간 나는 세차장과 작업장 사이에 서 있었다. 아빠가 정비 일자를 살피는 사이 남자는 담배를 꺼내 물었다. 여긴 금연 구역인데. 나서려다 나는 참았다. 어른들 일이니까.

"정비소를 잘 골라야 하는데 바빠서 아무데나 왔더니. 자격증이나 가지고 하는 거요? 얼마나 오래 걸려요?"

남자는 불을 붙이려다 말고 가래를 뱉었다. 침을 짓밟으며 담배에 불을 붙였다. 그러고는 중얼거렸다.

"이러니 큰 데로 가야 한다니까. 코딱지만한 데 왔더니 완전 낭패구만."

"엔진 오일 교환했고, 그 소리는 다른 부분 같은데요. 저번에 말씀드렸듯이 차가 연식이 있다 보니."

사무실에서 나온 아빠는 자동차 아래를 들여다보았다.

"뭐요? 기술이 부족하다는 말은 안 하고 엉뚱한 핑계를 대요?"

"작은 데서도 다 하는 게 엔진 오일 교환이에요. 이 자리에서 몇 년째 하고 있는데 그렇게 말씀하시면….."

"점잖게 말해서 안 되겠구만."

아빠 말을 자른 남자는 또 가래를 뱉었다. 손가락을 꺾으며 웃었다. 점잖지 않으면 하고 대거리를 해도 마땅찮은데 아빠는 아주 침착했다.

"죄송합니다. 더 큰 데로 가보세요."

"못 간다면?"

핏대를 세우는 남자의 말을 자르며 엄마가 끼어들었다.

"고발 하든지 말든지 맘대로 하고 큰 데로 가세요, 일해 준 사람 고마워는 못할망정 괴롭히지 말고. 빨리요!"

"아휴, 쌍으로 달려 들고 난리네, 재수없이."

남자는 담배꽁초를 바닥에 내팽개쳤다. 뒤꿈치로 짓이기고 나서 차에 올라타더니 곧장 후진으로 가게를 빠져 나갔다. 어이없고 황당했다.

"너도 봤지, 무시 안 당하려면 공부해. 손에 기름 묻히지 말고. 이보다 험한 꼴을 하루에도 수십 번 봐!"

엄마가 내 어깨를 후려쳤다. 내가 뭘 잘못해서 귀에 딱지가 앉도록 들었던 말을 또 듣고 맞기까지 했지? 내가 동네북이야?

"언니!"

벌써? 또? 해가 떨어지기 전 돌아오는 이유도 궁금했지만 동시에 반가웠다. 길에서 피붙이를 만난다는 건 친구를 만날 때와 분명 다른 느낌이 있었다. 얼른 팔짱부터 꼈다.

"일찍 오면 가게 좀 들르지. 엄마, 아빠가 공부 잘하는 언니 보면 힘이 날 텐데."

"나도 힘들어."

자신 이외에는 전혀 안중에도 없는 저 태도. 금방 반가워했던 마음은 사라지고 입을 삐죽거렸다. 팔짱 낀 팔에 힘을 더 주며 얼굴을 바짝 들이댔다.

"전교에서 노는 언니가 뭐가 힘들어?"

"모르는 소리 좀 하지 마, 인서울도 힘들어."

"에이 설마, 언니 엄살이 너무 심하다."

고개를 가로저으며 손을 빼는 언니를 내 쪽으로 더 끌어당겼다.

"실업계 가고도 실실 웃고, 참 속도 좋다, 넌."

언니는 끝내 팔을 뺐다. 찬바람을 쌩하게 일으키면서 앞질러 가버렸다. 나는 고개를 흔들었다. 진짜 구제불능이다. 성적이 안 좋으면 숫제 사람 취급도 안 하겠구만.

참새가 방앗간 앞을 그냥 지나칠 리가 없지. 기분 전환을 위해 바로 앞에 있는 편의점에서 라면을 사려다가 비싼 데 갔다고 엄마한테 등짝을 맞을 것 같아 아파트 정문에 있는 마트까지 갔다 왔다.

"마리 언니, 라면 먹을 거지?"

냄비에 물을 올리면서 불렀지만 대답이 없었다. 안방, 화장실, 뒷베란다까지 다 봤지만 언니의 흔적은 없었다. 길을 잃지는 않았겠지. 나는 후르륵, 라면을 먹고 도장으로 향했다.

"아빠 수업 받으러 갔어. 왜?"

도장에 갔다 와서 집안을 돌아다니니 내가 아빠라도 찾는 줄 알았나보다. 어깨를 두드리며 텔레비전을 보던 엄마가 참견이었다.

"그게 아니라, 언니 집에 안 왔어? 못 봤어?"

"오늘은 야자 하겠지. 며칠 못 본다고 벌써 보고 싶어? 니가 공부를 그렇게 신경 썼으면 인문계 안 가고 실업계 가겠어?"

또 똑같은 잔소리지만 신경 쓸 틈이 없었다.

"아까 집에 올 때 만났는데? 나한테 막 신경질 내고 갔단 말이야. 난 옷만 갈아입고 도장 갔고. 그런데 집에 안 왔나봐. 교복도 안 갈아입었네."

"잘못 본 거겠지. 정신 좀 차려."

"엄마!"

콩으로 메주를 쑨대도 내 말이라면 믿지 않겠다는 결연한 의지가 보이는 엄마의 태도. 성격 좋은 내가 소리를 지르지 않을 수 없었다.

"쓸데없는 소리 말고, 니 할 일이나 해."

엄마는 돌아누우며 손짓을 했다. 귀찮으니 어서 나가달라는 표정이 역력했다.

나는 욕실과 방을 들락거리면서 내일 대회 갈 준비를 했다. 가방에 속옷과 도복, 세면도구를 챙겨 났다. 이제 아침에 입을 바람막이를 챙겨야 한다.

"엄마, 옷 좀 빌려줘."

"뭐?"

엄마는 벌떡 일어나면서 어깨를 감쌌다. 미간을 찌푸리며 오른쪽 어깨를 두드렸다. 늘 아프다고 하는데 통증이 몰려온 모양이다.

"그 파란색 아웃도어 좀 달라고, 저번에 산 것!"

"아이고, 공부 안 되는 애들은 하여튼 삶이 복잡해. 니 언니는 여태껏 그런데 신경 쓴 일 있었니?"

"맨날 유행 뒤쳐진다고 옷 사 달라, 가방 사 달라. 학원도 종합은 싫다 단과로 옮겨 달라 요구가 좀 많았어? 비교하고 그러지 좀 마."

"공부 잘 하면 다 면죄되는 거야, 부러우면 너도 공부해, 태권도도 끊고, 그리고 보니 대회도 더는 안 나가기로 했잖아!"

엄마가 어깨 두드리던 손으로 내 머리를 공격하려는 순간이었다. 아빠가 들어왔다.

"당신은 좀 심해. 똑같이 귀한 자식인데 공부로 가르는 거. 오늘 강사로 오신 분이 그러는데 자기도 공부 별로인 아이가 있었대. 어떻게 내 속에서 저런 애가 나왔을까 엄청 화도 나고 속상했지만 아이 눈높이에 맞춰주니 이제 편하대. 우리 미리, 얼마나 인간성 좋고 따뜻한 앤데."

아빠는 팔을 벌려 달려오라는 신호를 보냈지만 난 스킨십 대신 립서비스를 했다.

"아빠 말씀이 곧 진리요, 생명이니. 나는 영원히 아빠와 함께 할 것이요!"

"아, 마리 올 때 됐겠지? 우리 마중 나가자."

아, 또 초를 치는 엄마. 엄마의 편애는 지나친 감이 없지 않은데 아마 언니도 엄마를 닮았나보다.

"그래. 모처럼 부모 노릇 한번 할까? 맨날 자기한테 관심 없다고 툴툴거리니까."

아내의 말을 거역하지 못하는 아빠는 순한 양이 되어 엄마를 따라 언니 마중을 나갔다.

나는 거실에서 중학교 마지막 대회라 품새 연습을 해 봤다. 가끔씩 애들이랑 대회 나가는 재미도 괜찮았다. 관장님은 상 받는 것에 관심은 없고 개인적인 성장을 위해서 대회에 나가는 건 중요하다고 해 부담도 없었다.

"언니 아직 안 왔는데, 못 만났어?"

가는 날이 장날이라더니. 언니를 못 만났는지 엄마가 집으로 전화를 했다. 나는 세 사람이 같이 들어오는 그림을 상상하다가 길에서 언니를 봤던 걸 깜박 했다.

"언니 안 왔어. 아직 못 만난 거야?"

내 말이 끝나기도 전에 전화를 끊었던 엄마는 20분쯤 지난 뒤 또 전화를 했다. 학교까지 갔다 왔는데도 못 만났다며 언니의 행방을 내게 물었다.

"담임한테 전화해 봐. 아까 길에서 봤다니까, 내 말을 안 믿더니."

그리고 20분쯤 흐른 뒤 엄마가 다시 전화를 했다. 학교에선 야자 시작하기 전에 갔다면서 언니의 소재를 물었다. 나는 옷장 문까지 열어보는 세심함을 발휘한 뒤 추리를 했다.

"혹시, 독서실 간 거 아냐?"

무려 한 시간을 길에서 헤매다 집에 들어온 엄마를 모시고 나는 동네 독서실을 뒤졌다. 집현전, 성균관, 태학당, 율곡. 공부

와 관련된 이름들을 지니고 있는 독서실을 뒤졌지만 언니는 없었다. 그리고 눈에 띄는 대로 피시방도 갔다. 독서실보다 훨씬 많은 피시방을 어떻게 다 뒤질까 아득했는데, 10시 이후엔 청소년 출입금지라 모두 내보낸다는 말을 듣고는 아예 포기해버렸다.

"그럼 어딜 갔지?"

담임한테 또 전화 했다가는 언니가 완전 찍힐지 모른다고 했다. 엄마는 손만 비비면서 초조함을 달랬다. 나는 일이 생겼다면 분명 먼저 연락 올 거다, 무소식이 희소식 속담을 믿어보자며 부모님을 위로했다. 어느새 시간은 새벽 1시를 가리키고 있었다. 쉼 없이 움직이는 초바늘이 경박스러워 보였다.

잘 수도 안 잘 수도 없는 난감한 상황, 나는 소파에서 무릎을 세우고 앉았다. 아빠는 말 없이 전화기만 보고 있었다.

"얘가 어디 갔지? 설마 별일 없겠지? 모의고사 못 봐서 충격받았을까? 우리가 부모 노릇 못해서 그런 걸까? 얘가 하자는 대로 다 해주지 않았어? 최근에 필요하다고 말한 게 뭐였지?"

엄마는 손을 비비면서 계속 웅얼웅얼, 비방을 외는 무속인 같았다.

"아빠, 가게에 한번 가 보자."

마음 복잡하다면 혹시 어릴 적 자기의 추억이 있는 곳을 찾을

지도 모른다. 영화나 소설에서도 그런 장면을 봤다. 내 말에 이
번에는 아빠와 엄마가 같이 나갔다. 나는 깜빡 잠이 들었다

"어디서 연락 온 데 없지? 이 상황에 잠이 와?"

"왜 애한테 화풀이야? 미리, 들어가서 자."

나한테 화풀이를 하는 엄마에 나를 달래주는 아빠, 날마다 비
슷하게 되풀이 되는 광경이다. 다만 지금은 다른 것에 신경 쓸
틈이 없다. 모범생에 우등생에 좋은 타이틀은 다 달고 있는 언
니가 엄마 아빠 걱정의 근원이 되고 있으니. 휴대폰도 필요 없
다고 정지 시키더니. 연락도 안 되고, 도대체 어디 간 거야?

"학교 홈피도 열어보고 찾아볼게. 언닌 페이스북도 안 하니까
찾을 정보나 있을지 모르겠지만."

나는 하품을 하면서 컴퓨터를 부팅시켰다. 엄마를 살해했던
고등학생의 재판이 있었나보다. 실시간 검색어에 올라 있었다.
세상이 뒤집힐 만큼 떠들썩했던 일이었다. 서로가 얼마나 끔찍
해 했을까. 나는 검색창에 언니네 학교 이름을 치면서도 진저
리를 쳤다.

"마리니? 괜찮아? 어디 갔었어? 얼마나 걱정했는지 아니?"

열쇠 돌리는 소리도 못 들었는데, 언니가 들어왔다. 엄마가
달려가며 언니 어깨에서 가방을 빼들었다.

"공부하고 오는 길이야!"

"니 멋대로 할 거야? 지금이 몇 시냐? 최소한 어디 있는지는 알려 줘야 할 것 아냐?"

무작정 방으로 향하는 언니를 붙잡는 아빠, 화가 잔뜩 난 목소리였다. 이 시간에 가족이 다 깨어있는 것에도 놀라지 않은 언니와 몇 시간 동안 찾으러 다니면서 애를 태웠던 아빠 사이에 건널 수 없는 강이 생긴 느낌이었다.

"공부하고 오는 것도 안 돼? 독서실에 있었어."

"어디? 니 엄마랑 동생이 동네를 다 뒤졌는데 없었잖아!"

"후지게 동네에 있겠어? 시내에 시설도 좋고 24시간 하는 데 있어. 그래도 시간 부족해 혼자 다 하려면."

"공부하면 위아래 없이 그렇게 막무가내여도 되니?"

"내가 학원을 보내 달래? 과외를 시켜 달래? 혼자 공부하는 데도 왜 그래? 나 피곤해."

교복 단추를 풀면서 방으로 들어가는 언니를 아빠가 잡으려 했다. 엄마가 아빠를 말렸다. 가장 안절부절못했던 엄마는 언니에게만은 더 없이 너그러운 사람이 되었다.

"그래, 그래. 씻고 그만 자."

"해준 게 없음 부모도 아니야? 못 배웠다고 안중에도 없어?"

아빠 목소리가 허공을 갈랐다.

"여보, 당신이 참아. 애가 잔뜩 예민해져서 그러는데…."

아빠 앞을 가로 막고 선 엄마가 나를 향해 들고 있던 가방을 건넸다. 나는 언니 책상 옆에 가방을 살짝 두고 나왔다. 아빠는 가슴을 치면서 숨을 몰아쉬었다.

옷을 갈아입고 욕실 앞에 선 언니가 말했다.

"나 고시원 좀 얻어 줘. 나가서 공부할래."

기가 막히면 말도 안 나온다는 말이 딱 맞았다. 엄마와 아빠, 나는 이해 불가라는 표정으로 언니만 바라 봤다. 초바늘이 세 바퀴를 촐랑거리고 났을 때쯤 언니가 말을 이었다.

"집까지 왔다갔다 하는데 시간도 많이 걸리고, 야자도 다 잘되는 거 아니야, 다른 애들은 과외 한다고 일찍 나가기도 하는데 주구장창 학교에만 있는 것도 쪽팔리고. 고시원에 살면서 수능 때까지 혼자 공부하고 싶어."

"그럼 먹는 것은?"

역시 엄마였다. 정신을 먼저 수습하고 반응을 보였다.

"학교에서 먹잖아. 오전에 우유 마시고 점심, 저녁은 급식 먹으니까 상관없어. 어차피 입맛도 없지만."

의식주는 인간 생활의 기본 바탕이 되는 거라고 알고 있는데 언니는 오로지 공부밖에 모르는 것 같다. 공부를 위해서라면 다른 것을 다 버리겠다는 저 태도. 전혀 존경스럽거나 대단해 보이지 않았다. 그저 황당하고 어이가 없었다.

"미리 때문에 방해 돼서 그래? 그럼 당분간 미리는 거실에서 지내라 그럴까?"

엄마는 내 핑계까지 끌어다 댔다. 나도 나서지 않을 수 없었지만 언니가 한 발 빨랐다.

"그런 거 아니야, 시간을 절약할 방법이 그거란 말이야!"

"생각 좀 해보자. 일단 오늘은 자. 늦었어."

머리를 짚으면서 엄마는 방으로 들어갔다.

공부도 참 유별나게도 하는구나, 엄마 아빠도 골치가 아프겠지 생각하면서 나는 언니의 처분을 기다렸다. 끝내 들어와 자라는 언니의 말을 듣기 전에 소파에서 잠이 들어버렸다.

벌떡, 일어나니 6시였다. 다행이었다. 알람도 맞춰놓지 못했는데. 바로 주방으로 들어가 주먹밥을 만들어 통에 담았다. 점심이다. 그리고 방으로 들어가 옷을 갈아입었다. 자고 있는 언니를 깨울까봐 조심조심.

"아휴, 시끄러워!"

송곳 대왕이 확실하다. 잠깐도 못 참고 내지르는 언니. 후드와 맨투맨 티 중 더 나은 걸 골라 입으려다 둘 다 대충 들고 말했다.

"대회 가잖아."

"평소 공부를 그렇게 하지."

이불을 뒤집어썼던 언니는 침대가 꺼지도록 푹, 소리를 내며 일어났다.

"아, 기숙사 있는 학교라도 갔어야 했는데 짜증나 죽겠어."

혼자 찬바람 일으키고 기분대로 하는 사람이, 진짜 웃긴다.

태권도 차에서 내려 집으로 가는 길에 낯익은 뒷모습이 보였다. 203동과 204동 사이에 있는 정자로 갔다. 가지고 간 옷이 얇다고 느낄 정도로 찬바람이 심한 날씨였다. 은행나무 낙엽들이 보도블록에 그득했다.

"아빠?"

"어, 미리. 잘 하고 왔지?"

내 발소리를 듣고 아빠가 고개를 돌렸다. 눈이 퀭했다.

"당근이지. 근데 왜 여깄어. 날도 추운데."

"그냥, 바람 좀 쐬려고."

아빠는 픽 얇게 웃고 마른세수를 했다. 순간 눈동자가 붉게 보였다. 아빠가 일요일 오후에 혼자서 앉아있는 상황이, 나는 적응이 안 됐다.

"왜?"

"아빠는 못 배워서 너희가 해달라는 건 다 해주고 싶었어. 그런데 마리 보니까 마음이 뒤죽박죽이야. 좀 유난스러워 보이기

도 하고 진짜 공부 때문에 그런가 싶다가 또 부모가 무식해서
같이 살기 싫은 건가 싶기도 하고."

"설마?"

평소 같으면 아빠 마음을 녹이려 애교 신공을 발휘했을 테지
만 나도 덩달아 마음이 무거워졌다. 말들이 감기 걸린 것처럼
입 안에서 맴돌았다. 추우니까 빨리 집으로 들어가자는 말만
남기고 먼저 엘리베이터를 탔다.

현관문을 열자 진한 간장 냄새 위로 매캐한 연기가 달려들었
다. 비위가 확 상했다. 가스레인지 위에 올려놓은 냄비에서 시
커먼 연기가 새어나왔다. 재빨리 불을 끄고 주방 창문을 열었
다.

내 방, 아니 언니 방인가? 옷장 문이 활짝 열린 채 바닥에 옷
가지들이 널려 있다. 고개를 갸웃거리며 안방 문을 열어봤다.
이마를 짚고 있던 엄마가 일어났다.

"왔니?"

집을 비웠다 온 딸에게 너무 무심하지만 내색하지는 않았다.

"어떻게 된 거야?"

길에 있는 아빠하며, 음식까지 태우는 엄마. 턱으로 내 방을
가리켰다. 일요일이지만 언니는 당연히 자율 학습을 하러 학교
에 갔을 텐데.

"어? 오늘 옷이랑 반찬 갖다 주려고 장조림 하고 있었는데……."

그제야 냄새를 맡은 듯 엄마는 허둥거렸다.

"어떻게 된 거냐고?"

나는 한껏 데시벨을 올리며 엄마 뒤를 따랐다.

"니 언니, 고시원 얻었어. 말 시키지 마. 안 그래도 가뜩이나 속상한데."

고시원 때문이라는 건지, 타 버린 장조림 때문에 속상하다는 건지 알 수 없었다. 나 없는 일박 이일 동안 일이 이렇게 진행되었나?

"내가 불 껐으니까, 괜찮아. 근데 언닌 꼭 그렇게 해야 된대? 돈도 많이 들어갈 텐데?"

평소 언니 일이라면 자다가도 벌떡 일어날 뿐 아니라 생글생글 웃음이 넘치던 엄마 얼굴빛이 심상치 않다. 냄비를 태우는 일 따윈 상상할 수도 없었던 건데.

"하겠다는 애 발목은 잡지 말아야겠지만 그렇다고 지금처럼 뜻을 받아줘도 되는가 싶고 심란하다. 그래도 어쩌겠어. 다른 애들은 별걸 다 한다는데. 이 몸이 부서지더라도 뒷바라지 해 줘야지."

엄마는 금세 체념을 한 건지 다짐하듯 혼잣말을 했다. 언니

속옷들을 반듯하게 개서 가방에 넣었다. 그러고는 한동안 우두 커니 앉아 허공을 봤다. 내쉬는 숨소리가 깊다.

공부 잘하는 언니를 자랑스러워하던 평소 표정은 아니다. 엄마 아빠를 저토록 쓸쓸하게 만든 언니. 지금 집을 나가면 언니는 대학 입학에 취직까지, 어쩌면 다시는 우리 곁으로 안 올지도 모른다는 생각이 들었다. 공부 잘하고 똑똑하면 나라의 자식이고 못난 놈이 부모 곁을 지키더란 농담이 있던데. 오로지 자기만 생각하는 언니도 잘 모르겠다. 꼭 이렇게 부모 한숨까지 나오게 하면서 공부를 해야 하나.

엄마의 서글픈 표정, 구부정하게 혼자 앉아있던 아빠가 나를 헷갈리게 한다. 산다는 건 생각보다 훨씬 복잡한 것 같다. 어떤 게 맞는 건지 모르겠지만 지금은 내가 굽은 소나무다. 엄마 아빠 곁에 딱 붙어 있어야겠다.

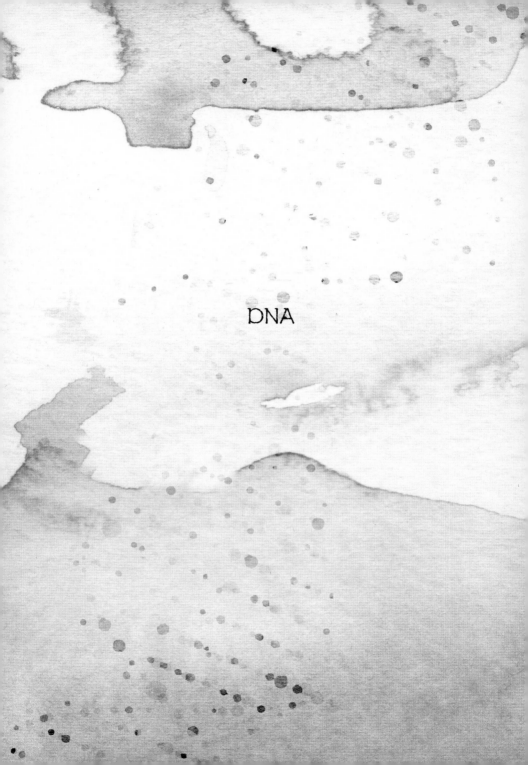

DNA

"왜 이리 와?"

가게에 들어서자 민 아줌마가 움찔 물러나며 놀라는 눈치였다. 그럼 집 놔두고 어딜 가라고?

"엄마가 연락 안 했던?"

기름을 뜰채로 휘휘 저으며 아줌마는 재차 물었다. 아빠가 병원에 입원한 뒤 일손이 달린 가게에 민 아줌마가 들어왔다. 엄마가 병원 가는 시간에만 나오던 아줌마였는데, 어느 순간부터 일하는 시간이 점점 늘어났다. 아줌마는 우리 집 사정을 빠삭하게 안다. 아니 알 수밖에 없을 거다. 아줌마가 닭 튀기는 동안 엄마는 배달을 갔다 오기도 한다. 가끔 반대의 경우도 있는데, 지금은 엄마가 타고 다니는 스쿠터가 가게 왼쪽에 서 있다.

"무슨 연락요?"

수학여행 때 할 장기자랑 연습으로 반 전체가 들썩였다. 나는 연습도 다 마치지 못하고 빠져 나오는 길이다. 목요일부터 가게는 주말 장사에 돌입한다. 그만큼 바빠진다는 말이다. 훈이와 나는 요일을 정해 놓고 번갈아 일찍 와 장사를 도와야 한다. 오늘 늦게 와도 된다는 뜻이었을까.

통닭 냄새는 언제 맡아도 고소하다. 시식용으로 잘라둔 후라이드는 너무 작다. 포장하려고 둔 닭가슴살 하나를 들고 물어 뜯었다. 등짝을 맞기 전에 얼른 삼켜야 한다.

"아줌마, 옷 갈아입고 올게요."

우물거리며 계단을 가로막고 있는 스쿠터를 치우고 이층으로 올라간다. 냄새도 따라 올라온다. 시장을 지나는 사람들 중 이 냄새 안 좋아할 사람 없다고 했다. 오늘따라 냄새가 더 진하다.

"세상에, 흉측하게! 바지 갈아입고 와."

아줌마가 손을 휘휘 내젓는다. 못 볼 것을 봤나.

눈치껏 포장 상자 귀를 맞추고 비닐 봉투에 담았다. 이건 손님을 위한 서비스.

아줌마는 일에 집중 안 하고 어째 나만 보는 것 같다.

"이거 수학여행 때 입을 건데 미리 입어 봤어요. 왜요?"

흰색 반바지 자랑을 하고 무릎까지 오는 앞치마를 걸친다. 기름 튀어 미끈한 다리에 상처라도 생기면 안 된다. 토시도 필수품이 된 지 오래다.

"아직 몰라?"

"뭘요?"

왼쪽에 낀 토시를 죽 잡아당기며 되물었다. 가끔씩 손등까지 기름이 튀면 대책이 없다. 팔딱팔딱 뛰며 뜨거움을 식히지만 반점 같은 흉터는 시간이 지나도 사라지지 않는다. 기름에 데었다고 할 때마다 몇 년 만 고생하면 된다고 엄마는 내 등을 두들겼다. 올해는 진짜 정리하고, 아니 나만이라도 가게 안 나오게 하면 소원이 없겠다. 아줌마도 있으니까.

튀김기에서 알람 소리가 울린다. 튀겨진 닭을 뜰채로 들어 올려 기름을 탈탈 털며 아줌마가 고개를 돌린다.

"진짜 모른가 보네. 빨리 가서 옷 갈아 입고와, 단정한 옷으로."

"왜요? 앞치마 입으면 다 되는데."

뭐가 문제냐는 듯 양손으로 앞치마를 펴 보이는데 손님이 들어온다.

두 마리 튀겨 놓으란다. 양념과 후라이드 하나씩. 고맙기도 하시지, 푸짐하겠네.

주문을 잘 받아 놓으면 엄마가 칭찬을 해 준다. 주문표를 확인할 때 엄마 입이 유일하게 쭉 찢어지면서 군소리를 덧붙이지 않는다.

또 손님이 들어온다. 주문 받은 걸 적으려다 아줌마에게 내가 물어본다. 이 바쁜 시간에 엄마는 병원에 가지는 않았을 거다. 경험으로 터득한 거다.

"엄마는요?"

물론 배달을 갔더라도 이미 돌아올 시간이다. 스쿠터가 서 있는 걸 보면 근처에 간 것 같은데. 양념 무와 샐러드도 용기에 담겨 있지 않다. 귀찮다고 하지 말자고 해도 엄마는 시장이니까 더 줘야 한다며 우겼다. 샐러드를 비닐 도시락에 담고 양념 무도 직접 만들어 비닐봉지에 담는다. 저녁 장사 전에 미리 담아 놓는데 오늘은 준비가 안 되어 있다.

아줌마 칼질이 바쁘다. 뭉텅뭉텅 토막 나는 고기를 보면 그날의 기분을 알 수 있다. 붙박힌 듯 한 자리에 있지 않고 살짝씩 고기 토막이 비껴나는 걸 보니 아줌마 기분이 별로다.

"하루 종일 바빴어요?"

"어…."

아줌마는 손님 눈치를 보며 대답한다. 영혼이 담기기를 바라지는 않지만 최소한 진실했으면 좋겠는데 그도 아니다. 완전

건성이라는 걸 한눈에 알겠다.

"볼일 보고 오시면 해 놓을 게요."

손님이 기다리고 있으면 좁은 가게가 더 답답하다. 난 이웃의 매출을 위해 친절하게 손님을 옆집으로 안내했다.

"그럼, 요 앞에서 콩나물 좀 사가지고 올게요."

손님은 앞집 부식 가게로 향한다.

"이렇게 바쁜데 문 닫아버리면 손해가 많겠지, 기분도 찜찜하고."

아줌마 목소리를 끌고 막 기름에 들어간 고기가 파르르 튄다. 온몸이 뒤틀리는 소리다. 내 몸도 팔딱거릴 것 같다. 소리만 들어도 뜨겁다.

"엄마는요?"

"사람 한 명 더 필요한데, 문 닫을라면 모를까."

"왜 문을 닫아요?"

아줌마는 내 질문을 삼켜버린 채 입을 다물고 휘휘 뜰채만 젓는다. 타닥타닥 고기 익어가는 소리. 삼 년쯤 엄마 어깨 너머로 봤더니 소리만 들어도 어느 정도 가늠이 된다.

"확실히 시장이 많이 주기는 하네요."

조금 전 앞집으로 갔던 사람이 까만 비닐봉지 몇 개를 들어올린다. 봐달라는 뜻이다. 늘 있는 일이라 뭐 그러려니 하고 어깨만 으쓱해 보인다. 내 말 듣기를 잘 했죠?

일회용 도시락에 담아 둔 절반짜리 양념 통닭 하나를 사가는 사람에 이어 바로 손님이 들어온다. 오늘따라 더 바쁘다. 전통 시장 다 죽었다고 해도 여전히 손님은 끊이지 않는다.

엄마는 먹어야 살기 때문이라고 했다. 아무리 슬픈 일이 있어도 하루만 지나면 먹어야 한다며 내가 왜 하필 통닭집이냐고 툴툴거릴 때마다 엄마가 했던 말이었다. 돈이 안 되면 우리 식구라도 먹을 수 있지만 신발이나 옷은 다르다고 했다. 또 맞네 안 맞네 까탈을 떤다며 먹는 장사가 그 중 최고라고 했다. 먹는 장사 중에도 어째서 통닭이냐고 한 번 더 되묻고 싶었지만 그냥 고개를 끄덕일 수밖에 없었다. 조금 더 길게 물어보면 시간 없다며 칼 든 손을 휘두를까봐 입을 다물었다. 몸에 베인 기름 냄새 따위는 안중에 없는 엄마가 원망스럽기도 했다. 엄마는 손님들한테도 성질대로 팍팍거렸으니. 어느 날이었다.

"시장 사람들은 땅 파다 장사한대요, 비싼 백화점에서는 정찰제다 뭣이다 아무 말 못함서 여기 와서 깎아 달라, 비싸다 난리요?"

닭을 내리칠 때 도마에 부딪히는 것처럼 큰소리가 엄마 목을 타고 흘러 나왔다.

"아줌마 다 튀잖아요 더럽게, 세탁비 줄 거예요?"

손님이 짜증을 내자, "살살하믄 고기가 토막이 난대요?" 그리곤 금방 모드를 전환하는 컴퓨터처럼 조용하게 천천히 칼질을 했다.

"보시오, 일이 되것소?"

조용하게 일하는 시범이 끝나자 곧장 탁탁, 센 모드로 전환.

"아줌마 취소할 거예요. 그냥 두세요."

물론 한 번 들어온 손님을 그냥 내보낼 엄마가 아니다.

"이런 개 같은 경우가 있어? 고기가 상하기를 했어, 기름이 오래 되기를 했어. 일을 절반이나 했는디 그냥 가는 게 어딨어. 절반 값은 내고 가슈."

"아줌마 이러니까 사람들이 재래시장에 안 오는 거예요."

손님 나름대로 항변을 하지만 역시 엄마 앞에서는 통하지 않았다.

"오지 마시오. 당신 같은 사람 안 온다고 가게 문 닫지 않아요."

무섭게 생긴 칼을 들고 삿대질을 하면 당사자 아닌 옆에서 보는 사람마저 기겁을 할 수 밖에 없었다.

"엄마, 좀 친절하게 해. 손님 다 가겠네, 창피하게."

"사람 봐가며 친절도 베푸는 거야. 어쩌다 한 번 온 뜨내기한테까지 시간 낭비할 필요 없어."

엄마는 척 보면 뜨내기인지 단골이 될 건지도 아는 듯 했다. 그런 엄마가 없어서 그런지 손님들도 조용하다. 열심히 닭을 튀기던 아줌마가 또 같은 걸 묻는다.

"너도 소식 못 들었니?"

민 아줌마의 시선을 따라가니 훈이가 들어오고 있다. 아까 내가 올 때와 똑같은 말을 하는 게 이상하다. 내가 먼저 참견하고 만다.

"뭔 소식이요?"

"아들한테는 연락한 줄 알았더니, 지독한 여편네네."

훈이가 뚱한 얼굴로 서 있자 아줌마가 혼잣말을 한다.

"아줌마, 혼자만 알고 있지 말고 무슨 일인지 빨리 가르쳐 줘요."

"훈이 얼른 옷 갈아입고, 신이 너도 옷 단정하게 입고 내려와. 허벅지 다 드러내 놓지 말고."

내 재촉에 아줌마가 이층으로 시선을 옮긴다. 아줌마 시선 따라 천장을 본다. 시커먼 기름때에 거미줄까지 대롱거린다.

"왜요?"

"얼른, 시키는 대로 해. 여기 있다가는 죽도 밥도 안 되것다."

주말이나 다름없다며 일찍 오라고 해 놓고 엄마는 어디 갔지? 설마 아빠 병원에? 엄마가 이 시간에 병원에 간 적은 없다.

아침과 점심 시간에만 가보고 온다고 했다. 애들은 병원에 오는 거 아니라고 해서 나와 훈이는 딱 한 번 가봤다. 어차피 우리가 가도 도움 될 건 없었다. 순간 등골에 서늘한 기운이 확 번진다. 불길하다. 이럴 때는 군말 없이 시키는 대로 해야 한다.

아줌마는 기름 솥의 불을 끄고 뜰채와 집게를 걸어 놨다. 장사를 그만 한다는 뜻이다.

"왜요? 고기 다 떨어졌어요?"

"하나 남은 거 냉장고에 넣어 놔."

아줌마는 금고 안에 있던 돈을 챙겨 가방에 넣으며 턱짓을 한다.

저건 엄마가 하는 일인데, 뭔가 심상찮다. 훈이도 분위기 파악이 안 되는지 아무 말 않고 아줌마 옆에 있다. 손님이 들어오자 아줌마가 먼저 나선다.

"오늘 일 끝났어요. 닭이 다 떨어졌네요."

"아줌마, 정말이요? 단체 손님이 많았어요?"

그래도 냉장고에 가득한 게 닭인데 믿기지 않았지만 놀라지 않을 수 없었다. 그럼 엄마는 단체 배달 갔나. 그렇다면 반가운 일이다.

"얼른 셔터 내리고 나가자."

큰길에서 택시를 잡는데 한참이나 걸렸다. 택시 문이 닫히자마자 아줌마가 말한다.

"하늘땅 장례식장으로 갑시다."

"장례식장? ……아줌마, 누가 돌아가셨어요?"

짐작이 맞는 걸까? 아빠라면 당연히 병원 장례식장일 거다. 거기 있을 리가 없다. 두렵지만 묻지 않을 수 없었다.

"에구, 얼마나 독하믄 여태도 말 안 했을까. 그래 요것들아, 니 엄마가 이 바쁜 시간에 나한테 가게 맡겨 놓고 갈 때는 보통 일이겠어? 니들 학교 보내놓고 병원 가서 한나절 있다가 저녁까지 닭 튀기고 배달하느라 가게 비운 적이 없잖아. 하루도 정식으로 쉬어본 적도 없었다면서?"

"이사 온 지 한 삼 년쯤 됐나. 나도 목, 토는 항상 도왔어요."

"나는 금요일 일요일, TV 예능프로그램도 제대로 못 봤어요."

내 말끝을 훈이가 잡는다. 입 안에 사탕 대신 불만이 가득 들어있는지 발음이 정확하지 않다.

"야, 지금 그런 이야기가 왜 나오냐?"

어깨로 훈이를 밀자 훈이도 으쓱하며 어깨를 맞받아친다. 뭐가 문제냐는 뜻이겠지.

"살라고 그랬것지, 죽을라고 그랬것냐. 가끔은 지독하다 싶어도 그러니까 그런 삼층 건물까지 지녔것지."

"원래 이층인데 저번 겨울에 삼층 올린 거예요. 옥상에."

불만을 금세 삼킨 듯 훈이가 끼어들었다.

"어쨌든 보통 일은 아니재. 그러고 나서 니 아빠가 아팠다면서? 나는 제대로 만나보지도 못 했다만."

"그러고 보니 그런 것 같아요."

훈이가 날짜를 헤아리는지 손을 꼽아본다.

"마음 단단히 먹어라. 어쨌든 살아야 하니까."

나는 더 이상 묻지 않았다. 아줌마가 곁에 있어 줘서, 아니 같이 있는 것만도 다행이었다.

"아줌마, 가게 비워 놓고 오면 어떡해. 지금 몇 시야?"

완전 도끼눈이다. 엄마 눈길이 매서워 아무 말 못 하고 서 있는데 아줌마는 못 들은 척 안을 기웃거린다.

"벌써 영정 사진까지 갖다 놓고 장사 지낼 준비는 다 됐구만요."

"여길 뭐하러 와요? 가게는 어떡하고?"

엄마는 나와 훈이를 쓰윽 훑어보곤 아줌마를 채근한다. 아줌마는 소매를 걷어 올리며 딴청이다.

"독하기가 한여름 독사보다 더 하요. 애들한테 제일 먼저 연락해야 하는 거 아니요? 애들이 전혀 모르는 눈치길래 데리고 왔수. 아무렴 하루 저녁 장사 안 한다고 굶기야 하겠수."

"굶어서 그래요? 어차피 간 사람, 남은 애들은 공부라도 해야 앞가림은 할 거 아니에요. 그러려면 하루라도 가게 문 닫으면 안 된다구요!"

말하는 중에도 엄마는 돌아서서 쓰레기 봉지를 밟아댄다. 살아 꿈틀거리는 건 다 밟아버리겠다는 기세다.

우리에겐 한마디 건네지 않고, 다정한 눈길조차 주지 않은 이유를 알 것 같다. 다른 사람에게 맡기지 않고 영안실을 지켜줘서 그저 고마울 정도다.

"시장 사람들은 안 온대요? 콩나물집이랑 쌀집, 건어물집은 아무 말 안 해요?"

"자식한테는 이야기 안 했으면서 이웃에는 뭔 정신으로 말했다요?"

맥주 로고가 그려진 앞치마를 걸치는 아줌마의 입꼬리가 양쪽 5도씩 올라갔다.

"하여튼 내가 말을 말아야지…."

차곡차곡 정리하는 일회용 접시 안으로 엄마 목소리도 따라 들어가고 만다.

"썰렁하긴 하네요. 인심을 쌓은 게 없어도 잃지는 말았어야 하는데."

앞치마 끈을 묶은 아줌마가 벽에 등을 기대며 빈 테이블을 내려다본다. 엉거주춤하게 서 있던 훈이는 분향소로 들어간다.

"민 씨도 알잖아요. 살았을 때 그 인간이 대접받게 했어야지."

"간 사람은 그렇다 해도 산 사람 보고 조문도 온다는데, 신이 엄마도 썩 잘 산 건 같지는 않네요. 뭐."

"잘 산 건 아니었어도 열심히는 살았지……."

나도 훈이를 따라 아빠 영정 사진 밑에 나란히 앉는다. 제단을 걸레로 훔치는 엄마를 향해 훈이가 묻는다.

"엄마, 내일 학교 어떻게 해?"

"뭘 어떻게 해. 못 가는 거지."

아무리 어려도 그렇지 한심한 동생이다. 아빠 장례식보다 학교를 걱정하다니. 나는 톡 쏘아붙이고 만다.

엉거주춤하게 앉으려던 엄마가 걸레를 들고 밖으로 나간다. 세상에 나와 훈이 단 둘만 남겨진 것 같다. 눈동자가 흔들리며 훈이가 또 묻는다.

"그렇지? 그럼 여기 있어야 하는 거야?"

"그렇겠지? 여기서 손님 오면 인사하고……."

드라마에서 본 장면을 떠올리며 대답한다. 할아버지 할머니 장례식이라도 봤으면 훈이에게 대답해줄 게 더 있었을지도 모른다. 처음인 건 나도 훈이도 마찬가지다. 열넷과 열다섯에 아버지의 장례라니. 아프다는 건 죽는다는 것이었을까. 왜 죽음과 한번도 연결시키지 못했을까. 짙은 안개 같은 아득함이 밀려드는데 문득 상주님 하고 부르는 소리가 들린다.

검정 원피스에 '하늘땅 장례식장'이 새겨진 명패를 찬 여자가 상냥하게 묻는다.

"어머님은요?"

분향소 안쪽을 살피는 검정 원피스에게 민 아줌마가 대답한다.

"일 볼 것 있다고 금방 나갔는데….."

검정 원피스는 엄마 들어오는 대로 사무실로 연락을 달라며 계단을 내려간다.

인사하고 돌아서는데 분향실로 한 무리의 아저씨들이 들어간다. 민 아줌마가 따라 들어가라는 신호를 준다. 아빠와 어떤 사이인지 몰라도 아저씨들은 벌써 두 번째 절을 올리고 있다. 순식간에 절이 끝나고 말 것 같아 얼른 상주 자리로 가 섰다.

인사를 마친 아저씨들은 아빠 고향 친구들이라고 소개했다.

"우연히 들었다. 안 그랬으면 가는 길도 못 봤을 텐데. 운명이라면 운명인 게지……. 통 소식이 없더니만 많이 아팠다면서? 참 좋은 사람이었는데."

믿기지 않지만 믿고 싶은 말이기도 하다. 잘 살지 못한 사람은 현재보다 과거가 화려하게 기억되는 법이라 했다. 먼저 떠난 이에게 한없이 너그러워지는 미풍양속도 결코 나쁘진 않다. 악다구니 쓰며 달려드는 것보다는 낫다. 따뜻한 말 몇 마디가 지금까지의 쓸쓸함을 잊게 해주는 것 같다. 어쩌면 아빠에 대한 좋은 기억만 간직하고 싶은 욕심 탓인지도 모른다.

훈이 머리를 쓰다듬고 아저씨들은 손님방으로 옮겨 자리를 잡는다.

"힘내라."

"네."

흐린 대답을 마친 뒤 아저씨들에게 육개장을 날랐다.

"그러고 보니 너넨 친척도 거의 없나보다."

민 아줌마다. 가게에서처럼 여기서도 엄마 대신 자리를 지키는 것 같다.

"네."

친척. 친구나 이웃보다 훨씬 멀고 낯선 낱말이다.

나는 손님들 틈에 앉을 수도 없고 빈 테이블에 앉아 있기도 어색해 상주석으로 왔다. 아빠 사진을 빤히 보고 있는데 동생이 뾰로통하다.

"엄마 너무해."

"뭐가?"

"아빠가 이렇게 될 줄 몰랐어. 나아서 집으로 올 줄 알았단 말이야."

동생도 나와 같은 생각을 하고 있었나 보다. 아픔과 죽음, 병원과 장례식장을 연결 짓는 청소년이 이 세상에서 과연 얼마나 될까. 하긴 나처럼 아픈 아빠를 안 보러 간 딸도 없을 거다. 아무리 면회가 제한되어 있고 엄마가 말렸다고 해도 말이다. 사진으로만 봐야 하는 아빠라니.

"그래서 있을 때 잘하라고 했나 봐. 후회 안 남기려고. 난 아빠 소식을 묻지도 않았다."

"아빠는 우릴 찾지도 않았을까, 어떻게 마지막 가는 모습도 안 보여줄 수 있지? 난 할 말도 있는데……."

훈이가 눈가를 훔친 뒤 두 손으로 얼굴을 감싼다.

"눈 비비지 마."

겨우 이런 말로 누나 노릇을 하려는 나도 한심한데 아빠 사진을 쳐다보던 훈이가 나를 빤히 본다. 입술을 실룩이며 눈가를 문지르다 천천히 입을 연다.

"실은 전에 가게에서 돈 없어졌다고 엄마가 아빠 의심했잖아."

아, 생각난다. 그 날.

통닭집은 생각보다 잘 됐다. 엄마는 점점 좋아질 거라면서 그
럼 가게 건물을 살 거라고 큰소리를 쳤다. 아빠만 안 놀고 일
을 꾸준히 하면 옆 건물도 살 수 있겠다고 했다. 기분 좋게 뻥
을 치고 금고를 정리하던 엄마는 만 원짜리 한 장이 빈다면서
대뜸 아빠를 노려보았다. 아빠가 의심하지 마라며 계산이 틀린
것 아니냐고 펄쩍 뛰었다. 엄마는 내가 어떤 사람이냐며 생닭
몇 마리를 썼고 후라이드와 양념 통닭, 모래집 판 것까지 나열
하며 셈을 마쳤다. 아빠는 다른 데 쓴 거 있냐고 물었다. 엄마
는 앞치마를 가리키며 지출은 여기서만 나간다고 했다. 아빠가
고개를 끄덕이자 만 원짜리 한 장을 가져다 어디 쓸 거냐, 그
정도 앞가림도 못 하냐에 이어 엄마의 팔자 타령까지. 아빠는
만 원보다 훨씬 많은 잔소리를 듣고 훨씬 많은 욕을 먹었다.

"실은 그거 내가 그런 거였는데, 아빠는 나를 지켜주려고 뒤
집어썼을 거야. 아빠한테 잘못 했다고 말 못했어. 진짜는 미안
해서 말을 못 한 거지만…."

훈이는 고개를 떨군다. 가게 들어올 때만 해도 철부지였다면
삶의 몇 고비를 넘긴 중년처럼 어두운 표정과 목소리. 훈이는
몇 시간 사이에 너무 달라졌다.

엄마는 씩씩하다 못해 힘차다. 커다란 플라스틱 통을 안고 들

어오는 엄마를 보면서 스친 생각이다.

"뭔데 이렇게 무거워요?"

민 아줌마가 먼저 나서서 통을 들어준다.

"집에 있는 밑반찬, 여기 것은 다 맛이 겉도는 풋것들이라."

허리를 두드린 뒤 엄마는 한 번 더 밖으로 나가더니 통을 들고 왔다.

"잔칫집에 오는 것도 아니고, 다 그러려니 하지."

"한 가지라도 줄여야지요. 여긴 너무 비싸서."

"그럼 저건?"

민 아줌마가 파란 통을 가리킨다.

"열무 좀 비벼 왔어."

"세상에!"

놀란 아줌마가 통을 끌어당기려는데 아까의 검정 원피스가 다시 올라왔다. 매의 눈보다 빠른 동작으로 통을 붙들더니 뚜껑을 열었다. 규정 위반이라는 말이 떨어지자마자 엄마는 망자가 평소 좋아하는 것이었지만 아파서 못 먹었다, 가는 사람에 대한 예의 차원에서 봐 달라고 사정했다.

검정 원피스는 여러 차례 겪어본 일인 듯 엄마 말을 듣고 나서 이해는 되지만 규정은 규정이라고 했다. 그렇다고 곧장 물러설 엄마는 아니었다. 오히려 이런 인정머리가 어디 있냐 삼

강오륜이 물구나무 선 지 오래 되었어도 죽은 사람한테는 이렇게 인색하지 않다, 독재자도 죽으면 미화된다며 조금 전과는 다르게 직원을 몰아붙인다. 처음에 큰소리치던 직원은 엄마에게서 같은 말이 반복되자 오히려 절절거린다. 그럼 준비해온 음식을 제단에만 놓으라며 직원은 한 발 양보한다. 엄마는 그것도 안 되는 일이라며 맞선다. 평소 신세졌던 친인척들에게 손수 지은 밥 한 그릇이라도 나누고 싶지만 그게 안 되는 세상 아니냐, 그러니 생전 좋아했던 반찬 한 가지라도 올려서 망자를 진정으로 추모하게 해 달라고 한다. 평소와 달리 진짜 우아한 모습이다. 미리 원고라도 만들어 외운 것처럼 막힘이 없었다.

"엄마가 언제부터 아빠 생각을 했다고 그런대?"

옆에서 실랑이를 보고 있던 동생이 입을 삐죽인다. 그러게. 나도 맞장구치듯 고개를 끄덕인다.

"아빠가 불쌍해."

혼잣말을 하고 고개를 돌리는 동생의 눈이 빨갛다. 그것도 맞다.

장례식장에 오는 사람도 이렇게 없는데 병원에 찾아오는 사람은 더 없었을 거다. 딸인 나도 딱 한 번 가봤는데 아빠는 뭐가 그리 급했을까. 나도 훈이처럼 아빠에게 가슴 막막한 미안함이 있는데.

6학년 때였다. 시장으로 이사 온 것이 싫었지만 그보다 더 싫은 것은 친구들이 이 사실을 아는 거였다. 학교에서 중흥동 사거리 쪽으로 다니면 20분이 더 걸렸지만 나는 빙 돌아다녔다. 난 왜 이런 집에서 태어났을까, 친부모는 따로 있는 것 아닐까. 걸음걸음마다 짜증과 원망, 의심을 달고 다녔다. 그러던 하루는 친구들과 같이 우리 가게가 있는 중흥시장으로 오게 되었다. 체육 대회 때 입을 단체복을 직접 찾으러 가면 배달보다 오백 원 싸다고 했기 때문이다. 나는 엉겁결에 따라나섰다가 당황했다. 빠져나갈 핑곗거리를 찾다가 돌아갈 수도 없는 막다른 길에 이르렀다.

"난 담배 냄새 짱 싫어!"

주희가 인상을 쓰며 머리를 넘기자 옆에 있던 아이들이 덩달아 맞장구를 쳤다. 어수선한 틈 사이로 경은이가 간판을 가리켰다.

"인력 대기소가 뭐야?"

길에서 담배를 피우고 들어가던 사람은 아빠였다. 아빠가 나를 봤을까봐 빨리 그곳을 벗어나고 싶었는데 주희가 애들 앞에서 아는 체였다.

"사람 힘을 대기한다잖아, 그러니 힘센 사람이 기다리는 곳인가?"

"여기 지나간 적 있는데 꼭 불 피워놓고 담배도 피우더라. 빨리 가자."

난 전염병이라도 옮겨 붙는 것처럼 국보급 호들갑으로 아이들을 재촉했다. 그때 '아빠!' 하고 부르지 못한 게 늘 무거웠다. 큰소리로 불러주지 못한 게 두고두고 미안했다. 아빠도 나를 봤을 거다. 어쩌면 아빠는 그때부터 아팠는지 모르겠다.

엄마는 나뿐만 아니라 동생에게도 아빠가 환자라는 사실을 직접 말하지 않았다. 금방 나아서 올 것처럼 대수롭지 않게 말했다. 그런데 장례식장으로 옮기고서도 별다른 말이 없다. 그림자처럼 있을 수 없어 상 차리는 곳으로 갔다.

"엄만 왜 그래? 나 친딸 아니야? 왜 연락 안 했어?"

"공부 하는데 방해 되잖아!"

"공부가 중요해?"

"어차피 갈 사람이었어. 아파서 말도 못하고 가쁘게 숨만 몰아쉬는데, 뼈만 앙상한 모습, 너희들이 봐봤자 두고두고 가슴만 아플 것 같았어."

"잔인해."

"돈 없고 공부 안 해 봐. 사는 게 더 잔인해, 정신 바짝 차려 이것아."

닭 모가지 내리칠 때처럼 엄마 손이 올라간다. 고개가 절레절

레, 말이 안 통한다. 남편의 죽음은 그렇다 해도 자식들에게 아버지의 죽음마저 닭발 같은 부산물 처리하듯 일상화하는 태도가 더 잔인하다.

"그래봐야 엄마가 평생 튀김기 앞에서 벗어날 거 같애? 돈은 수단일 뿐이야."

"지랄한다. 사람은 다 알지. 말은 그렇게 해도 인생의 목표는 그게 아니여. 그리고 내가 왜 평생 닭 모가지만 치면서 살 거 같냐? 두고 봐."

"그렇게 공부 공부하면서도 나랑 훈이는 왜 가게에서 일 시켜?"

"힘들어봐야 공부 할 것이고. 그래야 나중에 편하게 살지, 이것아."

엄마는 끝내 내 등짝을 후려친다. 고생의 끝이 몇 년인지 모르겠지만 엄마는 옥탑방까지 올린 가게를 포기 못 할 거다. 어쩜 평생 그 집과 그 시장을 벗어날 수 없을 거다.

손님이 없다고 해도 인사하고 앉기를 몇 번 반복하니 몸이 기진맥진이다. 가게 심부름보다 훨씬 에너지 소모가 크다. 하지만 아는 사람들이 마지막 가는 길 배웅을 해준 덕에 가는 사람은 덜 아쉬울 것 같다. 장례식이 삼 일인 이유는 땅과 사람들에게 인사를 하고 하늘에 가도 되는지 허락을 맡기 위해서 기다리는 것인지 모르지만 남은 사람이 해줄 수 있는 것 다해 줄 테니 미련 없이 가라는 뜻인지도 모르겠다. 기계적인 인사라 하더라도 그런 의식은 필요한 것 같다.

어쩌면 다시는 온전히 아빠만을 생각할 시간이 없을 지도 모른다. 미안하다는 말을 해야겠는데 계속 입안에서만 맴돈다. 나는 아빠 사진을 오래도록 바라보는 것으로 사과를 대신했다.

차에서 내리자마자 익숙한 냄새가 반긴다. 토요일 낮의 냄새치고는 많이 고소하다. 차 안에 있을 때는 몰랐는데 밖에서 맡는 냄새는 근원지를 찾아 저절로 발길을 향하게 했다.

영정 사진을 든 훈이 뒤를 따라 걷는다. 노제(路祭)를 위해 가게로 왔다. 망자가 평소 일했던 곳이나 즐겨 가던 곳에서 마지막 인사를 하는 의식이란다. 가게 앞 바닥에 상이 차려져 있다. 훈이가 영정 사진을 놓으려 엎드리는데 사람들이 서로 밀치며 넘겨다본다.

"문 열었길래 그세 상 다 치른 줄 알았더니 아니었네."

"민 씨가 저녁에는 장례식장에서 일 거들고 낮에는 장사했댜, 손님 떨어진다고 그리 시켰는데 오늘은 한 사람을 급히 더 부른 거래."

소리의 파편들이 떨어진다. 누구를 향하고 있는지 직감적으로 알겠다. 뒤를 돌아보는 순간 소리의 진원지들은 입을 딱 다

물 거다. 시선이 부딪치는 순간이 두려워 나는 고개를 들지 않는다.

"마누라 등쌀에 병이 났으까 젊은 사람이 쯧쯧."

"살다살다 장례 치룰 때도 가게 문 안 닫은 사람은 저 여편네가 처음일 거여."

혀를 차며 아빠를 안쓰러워하는 사람은 채소 집이고 두부 아줌마는 엄마를 향해 욕을 한다. 소리는 옆으로 뒤로 빠르게 건네진다. 소리만으로도 휘청, 몸이 출렁이는데 엄마가 나를 스쳐 앞지른다.

"바빠서 조문 못 온 사람들, 여기서 이 사람 저승 가는 노잣돈이나 넉넉히 쥐어 주소!"

정말 천연덕스런 목소리. 남편 잃은 슬픔은 고사하고 마치 환영 인파를 헤치고 나가는 듯한 당당함이 묻어난다. 소리가 총알보다 강하게 가슴을 파고들었다.

"솔직히 시장 바닥에서 저 여편네랑 붙어 이긴 사람 있나, 뒤에서 구시렁거리지 말고 아예 모른척 어여 들어가드라고."

숨이 막히도록 아프다. 너무 아파 나는 스르르 눈을 감고 말았다. 남편 장례식날도 장사를 하겠다는 엄마. 그래서 세상의 욕이란 욕은 다 들어야 하는 엄마가 슬프다. 슬퍼서 더 아프다.

일시에 쏟아지는 소리들 틈에서 정신을 차릴 수 없었다. 나는 감았던 눈을 뜬다. 엄마 혼자 많은 욕을 감당할 수 없을 것 같다. 나는 엄마를 뒤로 하고 양 팔을 벌렸다.

"우리 엄마한테 욕하지 마. 욕 하 지 마!"

나의 울부짖음에 등을 돌리던 두부집 아줌마와 콩나물집이 동시에 고개를 돌린다. 나는 두 주먹을 부르르 떨며 쏘아붙인다.

"우리 엄마한테 왜 그래, 왜?"

"누나, 누나!"

훈이가 내 어깨를 흔든다. 빗물 같은 눈물을 흘리고 있다.

"울지만 말고 너도 정신 차려, 악착같이 살아! 산 사람은 살아야 한다잖아!"

엄마가 내 등짝을 후려치며 했던 말들, 나도 똑같이 훈이 어깨를 때리며 악을 쓴다.

"그래, 살라고 그러지 살라고. 너도 니 엄마도 다 똑같이 살라고 발버둥치는 것이지……."

민 아줌마가 다가와 내 양팔을 붙들더니 안아준다. 온몸에 힘이 빠진다. 나는 아줌마에게 몸을 맡긴다.

아빠에게 미안하다는 말도 못했다. 잘 가라는 인사도 끝내 하지 못한 채 살라고 그러지 살라고 그러지, 엄마처럼 똑같은 말만 되풀이했다.

작가의 말

진짜 필요한 공부

최저 임금 인상 문제를 놓고 시끌시끌하다. 몇 가지 까닭을 들어 기업들은 어렵다고 항변하는데, 가만히 들어보면 결국 노동자의 소득이 증가해서는 안 된다는 논리다. 임금이 더 올라가면 마치 나라 전체가 거덜이라도 날 것처럼 호들갑을 떠는 이도 있다. 그뿐만 아니다. 노동조합 결성을 금지하거나 정당한 노조 활동들을 죄악시하는 보도도 잇따르고 있다.

노동을 귀하게 여기고 일하는 사람이 존중받아야 마땅함에도 전혀 그렇지 못하는 현실이 「굽은 소나무」의 '마리'와 「DNA」의 '신이 엄마'를 만들어 냈는지도 모른다. 공부만 잘하면 모든 게 용서된다는 믿음, 대학을 위해서라면 현재의 행복쯤은 내팽개쳐도 된다는 태도 말이다.

그럼에도 불구하고 세상은 피 흘리며 쓰러져 가는 사람을 위해 기꺼이 자신의 소중한 것을 건네주는 '민혜'와 수행 평가를 대신 해줬다고 고백하며 편법에 맞서는 아이들, 실수가 실패로 이어지지 않도록 다독여 주는 활동가 형 같은 분들 덕분에 따뜻하게 유지되고 있는 것이다.

문학은 삶의 DNA를 만드는 중요한 요소 중 하나다.

짧은 이 여섯 편의 글이 공부를 왜 하는지, 어떤 공부를 해야 하는지 생각하는 계기가 된다면 참 좋겠다.

시간은 흘러가는 것이 아니다. 경험으로 쌓인다.

그만큼 점점 고마운 사람도 많아진다.

잘 간직하며 살아야겠다.

양인자